›Für den Herrscher aus Übersee‹ ist ein Buch übers Fliegen und Abstürzen, über das Lesen von Buchstaben und Sternkarten, über das Aufbrechen in die Welt, um das Fürchten zu lernen. Ein Geschwisterpaar lernt von seinem fröhlich-brutalen Großvater alles über Vogelzucht und Flugmaschinen. Und sie erfahren von seiner vergangenen Liebe zu einer Japanerin, deren Anmut und Farbenpracht noch immer durch seine bilderreichen Geschichten geistert.

Teresa Präauer, geboren 1979, ist Autorin und bildende Künstlerin in Wien. Nach dem Postkartenbuch ›Taubenbriefe‹ und der gezeichneten ›Gans im Gegenteil‹ (mit Wolf Haas) ist ›Für den Herrscher aus Übersee‹ ihr erster Roman und ausgezeichnet mit dem aspekte-Literaturpreis 2012 für des beste deutschsprachige Prosadebüt.

Weitere Informationen, auch zu E-Book-Ausgaben, finden Sie bei www.fischerverlage.de

Teresa Präauer
Für den Herrscher
aus Übersee

Roman

FISCHER Taschenbuch

Erschienen bei FISCHER Taschenbuch
Frankfurt am Main, Mai 2014

Lizenzausgabe mit freundlicher Genehmigung
von Wallstein Verlag, Göttingen
© Wallstein Verlag, Göttingen 2012
Druck und Bindung: Druckerei C.H.Beck, Nördlingen
Printed in Germany
ISBN 978-3-596-19721-7

Ich bin mit dem Schreiben nicht nachgekommen, da hab ich mich ins Fluggerät gesetzt und bin losgeflogen.

In einem bohnenförmigen Fluggerät, unten drei Räder, hinten ein Propeller, oben ein weißer Schirm, der geschnitten ist wie ein Lindenblütenblatt, sitzt, den Helm über den Kopf gezogen, die Handschuhe über die Finger, ein Tuch um den Mund, die Fliegerin. Vor ihr fliegen, in V-Formation, die Vögel, weiß, grau, mit eingezogenen Patschfüßen und in den Wind gestreckten Schnäbeln.

Unter ihnen ist das Land geteilt in Felder, gelb und braun, dazwischen sind kleine Seen und Flüsse. Bäume, die Früchte tragen, und solche, an denen das Laub schon rot ist. Über allem ist der Himmel weiß und durchzogen von farbigen Streifen, die sich in den Gewässern unten am Land spiegeln. Die Fliegerin fliegt mit den Vögeln, und der Wind bläst ihnen entgegen, und die Sonne brennt ihnen ins Gesicht.

Menschen sind aus ihren Autos gestiegen und winken zum Himmel hinauf. Über einem von schwarzen Spuren durchzogenen Feld sitzt ein riesenhafter heller Fleck, der alles Darunterliegende überdeckt.

Es ist der Daumen des Bruders, der die Postkarte mit der Fliegerin und ihrem Autogramm in seiner Hand hält. Wir betrachten sie jetzt wortlos und kleben sie an die Wand, ohne die beschriftete Rückseite zu beachten.

Der Großvater kommt ins Zimmer, sieht die Karte und fragt, ob wir nicht lesen können. Weil, sagt er, er kann es nämlich, und streckt dabei Zeigefinger und Mittelfinger seiner rechten Hand in die Luft. Fau, ruft er, wie in Sieg, Fau wie in Vogel, und Fau, wie die Vögel fliegen!

Das V ist leicht zu schreiben und baut den Weg zum W. Umgedreht ergibt das V fast ein A, und mit A beginnt aller Anfang. Und mit A beginnen auch die Augen. Die Augen vom Pfau sitzen auf seinen Federn und sehen dort blau, grün, braun und rund aus wie viele O. O, sagen der Bruder und ich mit offenem Mund.

Der Großvater und die Großmutter wohnen in einem Haus auf einem Hügel. In ihrem Garten wohnen viele Vögel, von denen wir schreiben und lesen lernen.

Es ist Sommer, und unsere Eltern sind fort. Sie reisen um die Welt und schicken uns täglich eine Karte. Auf den Vorderseiten dieser Karten skizzieren sie das

Panorama des Ortes, an dem sie sich jeweils befinden, auf der Rückseite schreiben sie Anweisungen und Grüße. Wir wissen, wenn die Kartenpanoramen um unser Zimmer im Kreis verlaufen und sich ihre Reihe schließt, kommen die Eltern wieder.

Inzwischen ist genug zu tun. Die Vögel der Großeltern abends heimzuholen und morgens ihre Eier aus den Nestern zu klauben ist meines Bruders und meine Aufgabe.

Es sind Hühner, Rebhühner, ein Pfau, ein Fasan und viele kleinere, Ziervögel genannt. Die Hühner und Rebhühner rupfen tagsüber Gras im Garten und haben für die Nacht einen überdachten Unterschlupf. Die Ziervögel bleiben in einer Voliere. Der Pfau und der Fasan schreiten, wenn die Sonne scheint, die an Haus und Garten grenzenden Felder ab bis dorthin, wo der Wald beginnt und das Grundstück der Großeltern endet. Wenn der Bruder und ich unten im Garten stehen, sehen wir zum Feld hinauf und sehen dort die beiden, den Fasan vorne, den Pfau hinten nach. Manchmal rotieren sie als bunte Kreise ein paar Meter in der Luft überm Feld und stürzen gleich darauf wieder ab. Der Pfau hinten, der Fasan vorne. Am Abend fangen wir die Vögel ein und bringen sie zurück in den Verschlag.

Der Bruder und ich sind zwei. Wir sehen einander ähnlich, obwohl der Bruder jünger ist. Wir haben die gleichen Haare, die gleichen Augen, die gleichen Finger, die gleichen Zehen, und unter den Nägeln sind wir gleich schwarz, wenn wir aus dem Garten kommen und uns an den Küchentisch setzen.

Dann erwartet uns schon der Großvater und erteilt uns Flugstunden mit Teller und Besteck. Er dirigiert unsere Nasen und Arme. Der Bruder und ich reißen die Messer in die Luft und schmeißen die Köpfe zurück. Wir steigen vom Boden auf die Sitzbank und auf den Esstisch. Der Großvater bläst uns als Wind entgegen und ruft die Namen der Himmelsrichtungen. Die Großmutter ruft: Landung!, und setzt mit der Schürze das Signal.

Starten und Landen sind Manöver: Die Vögel sollen mitsteigen und mitsinken, aber nicht verletzt werden von Teilen des Fluggeräts. Die Fliegerin fliegt langsam, hört kaum den Motor, und neigt ihren Körper zu allen Seiten, um den Flug zu steuern. Ein bisschen so, denkt sie da, wie sie die Vögel, als sie noch in ihren Eierschalen hockten, schon in ihren Händen gehalten und gedreht hat.

Die Fliegerin gibt Gas, und die Vögel fliegen nun unter dem Fluggerät in einem Muster, innerhalb dessen sie ihre Plätze wechseln. Dann fliegt die Fliegerin selbst in der Mitte und sieht nah bei sich die Vögel atmen, während diese die Flügel auf und ab bewegen.

Jedem davon hat sie einen Namen gegeben: Rote Beine, Buschige Federn, Glubschende Augen fliegen zwischen und unter den Wolken hindurch.

In den Himmel hinauf fliegen und die Wolken umrunden wollen der Bruder und ich. Nach dem Essen schleichen wir auf den Dachboden und bauen uns zwei Apparaturen aus Papier, Stoff und Draht, die wir uns, jeder eine, über den Oberkörper stülpen und um den Bauch herum festbinden. Wir laufen aus dem Haus und die Wiese hinunter und rudern mit den Armen. Wir rufen, wir fliegen, während wir fallen, bis die Großeltern uns hören.

Der Großvater steht vorm Haus, sieht uns eine Zeitlang zu, schüttelt den Kopf und schreit immer wieder: Das sieht nicht gut aus! Der Bruder und ich beachten ihn nicht. Der Garten liegt hinter uns, jetzt werfen wir uns den Hügel hinunter bis fast zur Straße unten, und der Wind pfeift uns um die Ohren.

Schwerer als Luft?, hören wir jetzt den Großvater aus der Ferne, schwerer als Blei ist das! Er läuft ins Haus, kommt zurück, lädt sein Festtagsgewehr und knallt eine Salve Schwarzpulver in die Luft. Der Bruder und ich packen unsere Apparaturen und trotten schwer beladen ins Haus zurück.

Kein Wort mehr wollen wir mit dem Großvater wechseln. Bis zum Abend ist es still im Haus, bis uns die Großmutter zum Essen ruft. Der Großvater sitzt am Tisch und raucht. Die Großmutter steht am Herd, und aus den Töpfen dampft es heraus. Eine Fliege summt, bis die Großmutter mit der flachen Hand daraufklatscht. Der Großvater brummt, steht auf und geht jetzt in der Küche auf und ab und trommelt seine Schritte in den Boden.

Der Bruder beginnt, zwischen die Schritte hineinzuklatschen. Ich beginne, mit einem Löffel auf die Teller im Abwaschbecken und auf die Töpfe am Herd zu schlagen. Die Großmutter klatscht noch einmal auf die tote Fliege, und noch einmal, und klopft dazwischen aufs Fensterbrett.

Danach wird wieder miteinander gesprochen. Der Großvater umarmt uns, sagt, ich habe genauso begonnen wie ihr. Er öffnet sein Bier mit dem Messer und beginnt:

Zwischen dem einen und dem anderen reichte gerade einmal ein kurzer Frieden, um einen Papierflieger zu fangen im Pausenhof und ihn auseinanderzufalten zum Pilotenschein, Stempel drauf, und, so der Großvater, bevor ich noch erfahren hatte, für wen man einzutreten und gegen wen man sich zu stellen hatte, war schon mein Proviant gepackt. Das Zweifache des Körpergewichts, heißt es bei den Zugvögeln, bei mir waren es sieben Sachen exakt, und ab in Richtung Übersee. Ich bin in den Himmel hinauf geflogen und hab mit dem Zählen der Tage aufgehört. Und es war die Hölle, stürmisch und kalt, und ich träumte bei Nacht, ich sei schon abgeschossen zwischen den Weltmächten. Und wenn ich damals eure Großmutter schon gekannt hätte, hätte ich alles das nur ertragen, wenn ich an sie hätte denken können.

Der Großvater öffnet noch ein Bier, es ist Abend. Die Großmutter zündet am Tisch die Kerze an. Wenn es dunkel ist, sieht man nichts, sagt sie und verlässt die Küche. Unsere Limonadeflaschen leuchten jetzt grün und rot. Der Großvater hält eine Zigarette in die Kerzenflamme, raucht sie bis fast zum Schluss und lässt dann den Bruder und mich je einmal ziehen. Es dreht uns vom Sessel wie zwei Propeller. Am Boden ausgestreckt sehen wir die Sterne. Der Großvater erklärt uns Navigation und Orientierung.

Irgendwo zwischen Himmel und Erde hab ich die Japanerin kennengelernt, sagt der Großvater, und hat dabei eine Kinderstimme. Zuerst habe ich nur ihre Frisur gesehen: einen riesigen Korb aus Haaren, zu Zöpfen geflochten und um den Hinterkopf gedreht, besteckt mit Blumen und Vögeln, so war damals die Mode. Und ich hab sie riechen können, so der Großvater, ich hab die Vögel in ihrer Frisur zwitschern gehört, oder waren das ihr Kleid und ihre Schuhe? Und dann hab ich ihr Kleid vergessen und ihre Haare und die Lippen gesehen, rosa, und kreidig weiß die Haut.
Und sie hat mich zuerst angeschaut mit einem Blick wie: Solche wie dich gibt's wie Kirschblüten im Frühling, so viele, dass man sie nicht zählen wird und dass die Luft davon schon weiß ist und rosa. Dass ich in dieser Zeit ein schöner, großer Mann gewesen bin, ist ihr im Blütenregen zuerst noch gar nicht aufgefallen.

Der Bruder und ich, noch am Boden liegend, enthalten uns einer Wertung der großväterlichen Schönheit, auch als der Großvater jetzt ein Fotoalbum aufschlägt und das offene Buch zu uns herunterhält, um den Beweis anzutreten: Seht ihr, der Größte, der Dunkelste, der Tapferste: das bin ich. Kein anderer ist auf dem Bild zu sehen, sagen wir wie aus einem Mund. Ja eben!, ruft der Großvater und drückt seine Zigarette zwischen unseren Gesichtern auf dem Fußboden aus.

Es riecht angebrannt, deutet die Japanerin mit fächelnder Hand, als nun der junge Großvater näher rückt, und zeigt dann auf ihr Flugzeug. Dass eine so schöne, so zarte Frau, und ganz in Seide gekleidet, raschelnd wie Papier, eine so schwere Maschine fliegt?, fragt sich der Großvater da. Und dass sie nach einer Notlandung, die sie doch beinah das Leben gekostet hat, noch aussieht wie frisch aus dem Bilderbuch geschnitten? Und dass mir, wenn sie spricht, ist, als wüchsen der Reihe nach Blüten aus ihrem Mund und fielen zu Boden, ja, dass sie wirklich fallen, und ich mich bücke und sie aufhebe und einen Strauß daraus binde.

So hören der Bruder und ich, noch niedergestreckt von unserer letzten Zigarette, den alten Großvater aus einem Himmel aus Blüten und Rauchschwaden herab

15

zu uns sprechen, und wir hängen an seinen Lippen, wie er an den Lippen der Japanerin gehangen ist.

Der Himmel ist jetzt schwarz, und der Mond hängt dort oben, schmal wie der Mund eines lächelnden Mannes. Die Fliegerin ist gelandet, liegt unten auf der Erde und liest die Sterne, benannt nach Vögeln und Fischen, und ein Bild dort oben heißt auch: Fliegender Fisch. Die Vögel schlafen neben ihr im nassen Gras, und sie stehen jetzt unter ihrem Schutz. Die Fliegerin schläft die halbe Nacht mit einem wachen Auge, das in der zweiten Hälfte vom anderen Auge abgelöst wird.

Aufwachen! Die Großmutter fächelt mit einer frischen Postkarte der Eltern vor unseren schlafenden Gesichtern und verscheucht die darauf gelandeten, jetzt aufsummenden Stubenfliegen. Die Limonade pickt euch noch im Gesicht, ruft sie und spuckt in ihr Taschentuch. Der Bruder räkelt sich am Küchenboden und sagt: Großmutter, morgens haben wir Gold im Mund. Sie zeigt lachend ihre Zähne und rubbelt uns sauber. –
Ich lese die Karte der Eltern und bin enttäuscht, es befinden sich unter allen Zeichen nur zwei V und rundherum eine Handvoll A und O. Allein die Unter-

schrift des Vaters benötigt ein V und ein A, man kann sich ausrechnen, sagt der Bruder, was für den Rest dieser Karte zu erwarten ist, wenn außerdem der tägliche Gruß an die Großeltern dort Platz haben muss. Vielleicht sind wir auch enttäuscht, sage ich, dass es an jedem Tag immer eine Karte ist, nicht zwei, nicht vier, oder auch einmal gar keine. Nicht zu wenig und nicht zu viel, man weiß nicht, soll man die Eltern vermissen oder will man sie loswerden.

Aber die Bilder auf den Karten und ihre Buchstabensammlungen gefallen uns: die Vorderseite beklebt oder bemalt, die Rückseite beschrieben mit unregelmäßigen Zeichen, die wir manchmal als unsere Buchstaben erkennen und manchmal für fremdländische Erfindungen der Eltern halten. Was nicht entzifferbar ist, schmücken die Großeltern beim Vorlesen mit reichen Worten aus.

Auf den Bildern sind oft Landschaften zu sehen: dunkle Wälder, blaue Flüsse, dort Frösche und Vögel, dann Sand, Wolken, das Wasser spritzt, und am Boden sieht man kleine Explosionen oder Kinder, die laufen. Es gibt Sonne und Gewitter, Tag, Nacht, Sommer. Manchmal wachsen Gebirge hinter Blumen oder Hütten in den Himmel, oder ein riesiges Tier fliegt über den

Bäumen und sieht dabei aus, als würde es etwas verkünden. Manchmal ist die Luft voll mit Sternen, manchmal mit Mücken, manchmal mit Staub. Geräte stehen in der Gegend oder sind an Mauern gelehnt, Autos fahren Bergstraßen hinab. Gärten sind da und Gemüsebeete, oder die Großstadt mit Türmen und Straßenbahnen, manchmal winkt jemand heraus.

Manchmal sind es Menschengruppen, die Spiele spielen, springen, manche haben Hörner am Kopf oder tragen lange Reptilienschwänze oder Umhänge am Körper. Manchmal kann man diese Karten aufklappen oder etwas herausfalten oder mit einem Schieber das Dargestellte nach rechts und links ziehen. Manchmal sind die Karten an den Rändern ausgefranst, manchmal sind sie gold. Manchmal denken sich die Eltern für den Bruder und mich neue Namen aus oder schmücken unsere alten Namen mit Titeln: Für das schönste unter den Kinderpaaren im Reich der tauchenden Vögel und fliegenden Fische.

Und manchmal können auch die Kinder auf diesen Karten fliegen, und manchmal liegen ein paar Frauen splitternackt im Gras, und wir müssen uns selbst zusammenreimen, was das alles miteinander zu tun hat. Ferne Lande!, seufzt der Großvater.

Wie hat es dich hierher verschlagen, fragt der Großvater als junger Mann die Japanerin. Und als sie ihn nicht versteht, stellt er die Frage noch einmal mit Hand und Fuß. Aber sie hat sofort verstanden und schon begonnen, ihre Antwort zu tanzen, etwas wie: Ach, ich hab von Anfang an keine Lust gehabt auf die Weltgeschichte und bald versucht, an Höhe zu gewinnen, bis die Luft dünn geworden ist wie mein Kleid. Und sie deutet dabei auf ihr Kleid und streckt dann beide Arme von sich wie zwei Flügel: Ich bin über den großen Pass geflogen, und einige Tage hab ich Schnee und Sturm nur von oben gesehen. Es war schwierig zu landen, es war schwierig zu fliegen. Manchmal hab ich für Momente das Bewusstsein verloren vor Angst und Konzentration und bin daraus erwacht im nächsten Moment, als mein Kopf mit der Frisur ans Kabinenfenster geschlagen ist. Es war am Himmel oben die Hölle, und ich hab dann aufgehört, die Tage zu zählen, bis hier mein Flugzeug abgestürzt ist. Jetzt bin ich hier und stehe bei Null. Null, sagt der Großvater da und formt mit Zeigefinger und Daumen seiner rechten Hand die Zahl. Und formt sie auch mit links, steckt die beiden Nullen zusammen und hält sie sich als Brille auf die Nase, um die Japanerin besser sehen zu können.

Null ist ein Kreis und ein O, unterbrechen der Bruder und ich den Großvater, der mit Silberblick in die Ferne sieht.

O, sagen wir jetzt lauter, groß ist der Morgen, und wir werden jetzt die Eier holen. Gib uns ein paar Münzen, dann gehen wir noch weiter und bringen Brot und Fleisch und deine Zigaretten. Zigarette kommt von ziehen, sagt der Großvater, also, packt euch zusammen!

Wir steigen in unsere Fliegermontur und nehmen einen großzügigen Anlauf den Hügel hinunter.

Ich liebe den Bruder, aber ich wünsche mir doch, höher und weiter zu fliegen als er. Und ich wünsche ihm, dass er mit seiner Apparatur in den Büschen festhängt, dass er sich die Knie zerkratzt und mit dem Gesicht in den Brennnesseln landet. Ja, ich liebe ihn, und doch sieht jeder, dass seine Flügel lächerlich sind, dass seine Konstruktion keinem schwachen Sommerregen standhalten wird, dass er klein wirkt in seinem Kostüm und das Kostüm dagegen groß und behäbig. Dass der Himmel ihn auslachen wird, und er nach wenigen Metern wird landen müssen und wieder starten und landen und starten. Er wird den Hügel hinunterstolpern, und ich werde fliegen wie ein leichtes Blatt im Wind.

Unten im Ort treffen wir uns bei Fleisch und Brot, der Bruder ist einen anderen Weg gekommen, er sagt von sich: Ich bin fast zu weit geflogen. Der Bruder ordert jetzt das Brot, ich bin für das Fleisch zuständig. Ich zähle mit, während die Fleischerin feine Scheiben herunterschneidet, und gebe ihr ein Zeichen: Genug. Zwei Scheiben weniger bei jedem Einkauf ergeben am Ende des Sommers eine kleine Summe für mich und ein Tierleben mehr für diese Welt.

Der Bruder kommt mit dem Brot unterm Arm, in seiner Hose klimpert es. Ich sage, du hast noch Wechselgeld in deiner Tasche. Nein, der Bruder kramt ein paar Schrauben aus der Werkstatt des Großvaters hervor und den winzigen Schädelknochen eines Vogels, den er im Garten gefunden hat. Ich sage, du bist gut vorbereitet, Bruder. Wir umarmen uns und fliegen zurück.

Die Fliegerin fliegt am Himmel, die Vögel diesmal und für lange Zeit der Reihe nach wie aufgefädelt an einer Seite ihres Fluggeräts. Unter ihnen Hügel, Bäume, Flüsse. Menschen und Tiere sind von oben zu sehen als kleine Käfer und Mücken.

Ein Vogel muss beim Fliegen bloß den Schnabel aufsperren, und er kommt abends wohlgenährt an seinen

Schlafplatz, denkt die Fliegerin und wischt sich einen dunklen Fleck von der Brille.

Die Felder sind gelb, braun oder grün, die Wiesen manchmal fast violett und an manchen Stellen schwarz. Manchmal braust unten der Wind über einen Hügelkamm und klappt in unregelmäßigem Takt die langen Gräser der Wiesen nach allen Seiten, sodass sich deren Farbe je nach Windrichtung ändert, einmal silbern schimmert und im nächsten Augenblick grün glänzt.

Und wer noch mehr sieht, ist ein Vogel, sagt die Fliegerin. Ja, ihr habt für jeden Halbkreis der Welt seitlich am Kopf ein Auge angebracht.

Die Vögel fliegen, und die Luft ist jetzt warm.

Der Tag ist kurz, wenn man langsam fliegt, sagt der Großvater, als der Bruder und ich mit Brot, Fleisch und Zigaretten vom Einkauf zurückkehren.

Wäre mir als jungem Flieger eure Großmutter schon früher über den Weg geflogen, hätte euer Vater nicht noch zweimal mit den Mücken die Welt umrundet. Und wäret auch ihr früher da gewesen, anstatt jetzt immer zu spät hier zu sein und herumzustehen. Mittlerweile muss ich sparsam umgehen mit meiner Zeit.

Ihr zwei Nachzügler könnt dankbar sein, dass ihr

zumindest meinen raschen und klaren Verstand mitbekommen habt, sonst hätte ich euch längst abkommandiert zum Zigarettenholen. Aber Großvater, hier sind ja deine Zigaretten, sagen der Bruder und ich und legen die Packung auf den Tisch.

Gut, sagt der Großvater. Bei euren trägen Füßen könnt ihr froh sein, dass ihr zumindest meine Geschicklichkeit und meine Disziplin geerbt habt. Ich hätte euch sonst abkommandiert zum Bierflaschenöffnen. Flaschenöffner eins und Flaschenöffner zwei hätte ich zu euch gesagt, ja, das wären auch ehrenvolle Aufgaben gewesen. Der Großvater schnippt einen Kronkorken durchs Zimmer.

Ich sage euch, spricht er weiter, manch einer hat darum gebeten, mir den Öffner zu spielen. Manch einer hat sich bereits in den frühen Morgenstunden auf die Lauer gelegt, um alles zu öffnen für mich, von den Augen bis zur Haustür. Um mir dann Kappe und Taktstock zu reichen, damit ich gleich draußen im Hof dem Federvieh einen Rhythmus beibringe.

Ihr kennt ja meinen Keller: voll mit Marmelade und Schnaps, jedes Glas und jede Flasche beschriftet mit Dank, Wünschen und Lob! Ja, euer Großvater ist der Größte, Dunkelste und Tapferste, spricht der Großvater weiter, ihr habt es ja auf dem Foto gesehen. Euer Großvater hat den schönsten Hügel in der Umgebung bekommen, um darauf sein Haus zu stellen, mit dem besten Blick auf den Ort. Und obwohl es günstiger gewesen wäre für die Schnellstraße, direkt unter seinem Hügel vorbeizulaufen, hält sie höflich Distanz, und es müssen alle, die von der einen Stadt in die nächste rasen wollen, hier unten scharf abbremsen, um alle Kurven nehmen zu können.

Seit der Bruder und ich nun ein wenig des Fliegens, ein wenig des Schreibens mächtig sind, äußern wir unter vier Augen den Verdacht, dass die Kurven und Schleifen der Schnellstraße, von oben gesehen, den Namen der Großmutter buchstabieren. So, flüstert der Bruder mir ins Ohr, heißen nur Großmütter. Oder Vögel, flüstere ich, für jeden Flügel brauchen sie eine Silbe, damit sie beim Fliegen nicht aus dem Takt kommen. Und wer mit drei Silben gerufen wird, steht immer asymmetrisch zu dieser Welt und braucht immer einen zweiten, um wieder auf gleich zu kommen mit seinen Gliedmaßen, so wie du und ich.

Ich weiß dafür, sagt die Großmutter, die jetzt in die Küche kommt und große Ohren hat, von jedem Vogel, der über uns fliegt, den Namen. Euer Großvater soll

24

nicht so angeben mit seiner kurvigen Straße dort unten. Ja, soll er sie fahren, anstatt immer vom Fliegen zu reden. Fliegen tun die Vögel.

Ich mag sie nicht, wenn sie am Boden bleiben und jeden Tag ein Ei legen. Wenn sie, anstatt zu fliegen, nur hüpfen, flattern und stolpern. Und dann erst die, die am Boden bleiben und gar kein Ei legen!

Aber Großmutter, sagen der Bruder und ich, es hat doch jedes in der Welt seinen Platz, und die Ziervögel gibt es, damit die Enkelkinder sie lieben, und die Hühner gibt es, damit wir jeden Morgen ein Ei holen. Und die Hosentaschen der Enkelkinder, sagt jetzt die Großmutter und sieht den Bruder und mich an, gibt es, damit es darin klimpert?

Da springt der Großvater auf, packt den Bruder bei den Schuhbändern, reißt ihn kopfüber in die Höhe, schreit die Schuhspitzen des Bruders an. Er schüttelt ihn in der Luft, die Münzsammlung der letzten Tage, die Schrauben und der Vogelschädel rasseln auf den Boden. Der Großvater hält den Bruder weiter so hängend an seiner großen Faust, beginnt jetzt, in dieser Haltung Befehle mit dem Zeigefinger in meine Richtung zu erteilen: Kopfstand, du auch!, ich werfe mich zu Boden, die Füße über den Kopf, meine Münzen rasseln, der Bruder hat schon ein rotes Gesicht, ich bleibe in Position, zähle noch mit halb zugekniffenen Augen, ob der Bruder mehr Münzen gesammelt hat als ich. Der Großvater hält den Bruder, und ich halte mich selbst. Wir haben beide glühende Köpfe, ich zähle unseren Schatz, bilde schon Summen und baue neue Mengen: alle Goldenen, alle Silbernen. Ich schichte in Gedanken einzelne Stapel, irgendwann beginnt die Welt sich zu drehen, ich schaue den Bruder an, und die Sessel und der Großvater und der Tisch hinter ihm sind jetzt verkehrt, wir aber sind richtig: miteinander auf Augenhöhe, und auf gleich: Es hat doch jeder gleich viele Münzen gesammelt, denke ich, und falle auf den Boden zurück, wie der Bruder auf den Boden zurückgefallen ist.

Am Boden unten sitzt der Nebel, der Starten und Landen erschwert, und die Fliegerin fliegt ihre Tagesroute mit den Vögeln und sieht aufs Land hinunter. Über ihr die Wolken und neben ihr die Vögel, grau-weiß, sehnig, laut. Und hinter ihrem Rücken bläst der Wind und treibt sie an. Und vor ihr in der Ferne ist das Ziel, und sie fragt sich, wie es wäre, würde sie überkopf fliegen, ob die Vögel sich mitdrehen würden?

Und wie wird es sein am Ziel: Werden die Vögel sich zu Paaren zusammenfinden? Und werden sie mich vermissen? Mich, die sie, noch in der Eierschale, aus den fremden Nestern geklaubt hat, die ihnen erzählt hat, das Fluggerät sei Mutter Gans und ich deren Seele, die zudem für Nahrung, Unterschlupf und Einhaltung der Flugstunden sorgt? Ich, die mit ihnen anfangs Tag für Tag den Hügel hinaufgewatschelt ist: ich im rollenden Fluggerät und die Schar mir hinten nach.

Und als die Vögel dann ein bisschen größer gewesen sind und ein jedes sein Schnabelgesicht ausgebildet gehabt hat und seine eigene Art, ein Bein vors andere zu setzen, sind wir täglich schneller gelaufen, dazwischen gesprungen, und immer rascher sind die Sekunden verflogen, in denen unsere Füße entfernt gewesen sind vom Boden und unsere Köpfe höher in der Luft, und die Landschaft kleiner geworden ist unter uns. Und ich hab versucht, es vogelgerecht vorzumachen in meiner Montur.

Ich bin bei ihnen gewesen, wenn der Tag angebrochen ist und wenn die Nacht begonnen hat. Und als sie mittags die ersten Male im Wasser gebadet haben, da bin ich neben ihnen hergeschwommen: ein halb unter Wasser tauchender Menschenkopf neben den auf der

Oberfläche dahingleitenden Vogelkörpern. Und es hat mir gefallen, in einem Meter Entfernung manchmal einen meiner Füße aus dem Dunkel des Sees hochschnellen zu lassen wie einen dicken Fisch, der nach einer Mücke schnappt, und meine Vögel damit ein bisschen zu reizen. Aber schon im nächsten Moment haben sie wieder ihre warmen Federballleiber an meine Wangen gedrückt oder sich mit ihren harten, hellen Schnäbeln in meinem Haar festgebissen.

Bald sind sie mir in allem überlegen gewesen, und als sie die ersten Male selbstständig in die Luft gestiegen sind, ohne dass ich im Fluggerät gesessen bin, da bin ich stolz gewesen. Aber auch wehmütig, und ich hab ihnen nachgerufen, von unten, als kleiner Käfer, in einem Auge die Freuden- und im anderen die Zornestränen: Schreibt mir doch eine Karte von oben!

Schreibend sitzt der Großvater am Küchentisch, vor ihm ausgebreitet stapelweise Etiketten, teils beschriftet, teils blütenweiß. Er hat unterschiedliche Stifte zur Hand und kratzt in unterschiedlichen Farben und Schriften lange Wörter aufs Papier. Er sagt, wir sollen ihn bloß nicht stören, er muss noch das ganze Metermaß des Tisches vollschreiben, und er kann dazu keine Analphabeten gebrauchen. Das leuchtet uns ein, sagen wir. Man muss wissen, wann man stört, sagt der Großvater.

Der Bruder und ich packen Brot in unsere Taschen und füllen Tee in eine Flasche. Wir gehen nach draußen und holen die Postkarte der Eltern aus dem Briefkasten und verstauen sie in unserem Proviant.

Wir holen Schaufel und Besen aus dem Geräteschuppen und beginnen, den Unterschlupf der Hühner und Rebhühner auszumisten, danach die Volieren der Ziervögel. Wir tauschen das Wasser, streuen Körner und rufen: put-put. Siebzehnmal, sagt der Bruder, erst du, dann ich, dann gemeinsam. Wir rufen und singen put-put und vergessen, wie die Stunden vergehen, bis ein kühler Wind aufzieht und wir uns zu den Vögeln ducken im Verschlag, um die Karte der Eltern aus der Tasche zu ziehen.

Ihr lieben Kinder, sagt der Bruder, der zuerst die Karte zu lesen versucht, wir sind hier in einem sehr fremden Land. Hier sind Männer Frauen und Frauen Männer. Hier ist man arm, wenn man reich ist. Man trägt die Hosen verkehrt herum und bindet sich nie die Schuh'.

Ich sage zum Bruder: Das kann nicht sein. Wir müssen neue Buchstaben lernen, um die Karten der Eltern lesen zu können. Der Bruder sagt, doch-doch, er hat von den Hühnern das P und das U und das T gelernt, und den Rest kann er sich logisch zusammenreimen. Und er liest weiter: Hier geht niemand, hier wird geflogen. Wir essen Speisen, die es sonst nicht gibt, wir leben in den Tag hinein. Wir hoffen, es geht Euch gut bei den Großeltern, und dass sie Euch nicht zu viel Arbeit aufhalsen, denn Arbeit ist verboten, in Liebe, Eure Eltern. –

Was habt ihr gemacht, ruft der Großvater, als wir erschöpft vom Tag zurückkehren. Wir haben die Vogelkäfige gereinigt und den Vögeln frisches Wasser und Futter gegeben, und wir haben put-put gerufen.

Gut, sagt der Großvater, wer arbeitet, soll auch essen. Dann erzähl ich euch jetzt von meinem schönsten Vogelfang, ich möchte aber nicht unterbrochen werden. Der Bruder und ich nicken, wir löffeln unsere Suppe und sperren die Ohren auf.

O wie eure Ohren, O wie Null, ich bin dort vor der Japanerin gestanden und hab ein Mondgesicht gezogen aus Punkt und Strich. Als sie mir ihre Geschichte erzählt hat, ist es gewesen, als sei sie in 80 Tagen um die Welt, durch Sturm, Hitze und Nacht, und ich hingegen, ein Idiot mit Segelohren, bloß so beim Papierfliegerschießen aus dem Klassenzimmerfenster geblasen worden. Sie ist so blass und zart gewesen, und dabei so voll Kraft und Standfestigkeit, dass ich als junger Mann gemeint hab, mir noch die Reste vom Pausenbrot aus dem Gesicht wischen zu müssen. Und wirklich ist sie auf mich zugekommen und ist mir mit einem Teil ihres bestickten bunten Seidenärmels über den Mund gefahren, nachdem er mir offen gestanden war, o!, vor Glück.

Großvater, du hast sicher Spucke auf den Lippen gehabt und die Zunge bis zum Bauchnabel, sagt mein Bruder, und wir lachen. Ich werd euch gleich den Mund auswaschen, schreit der Großvater, ihr habt null Ahnung, ihr zwei Hohlköpfe, so etwas versteht ihr nicht, und es ist etwas ganz anderes gewesen, damals. Aber der Bruder und ich verstehen sehr genau, und wir wollen es uns merken, bis wir alt sind, und wünschen uns, dass es irgendwo geschrieben steht: dass die Kinder alles schon wissen von Anfang an.

Also, so war es, sagt der Großvater. Großvater, rufen wir, von Anfang an und die ganze Geschichte! Ja,

Geschichte, die Weltgeschichte wollen wir nicht mitschreiben, sagt der Großvater, haben die Japanerin und ich damals gesagt.

Oder wir schreiben die Weltgeschichte, die unsere ist, und sie spielt in dieser Landschaft: größer als ein Garten, kleiner als ein Feld. Es gibt Bäume, Blumen, Tiere, es gibt Wasser und Feuer. Wir haben eine Kasserolle zum Kochen, und wir haben Werkzeug, um ein Flugzeug zu reparieren. Am Ende werden wir wieder fliegen können.

Großvater, vom Ende wollen wir jetzt nicht sprechen. Kinder, wenn ihr so alt seid wie ich, ist das Ende schon immer Teil der Geschichte. Großvater, als du als junger Mann mit offenen Augen der Japanerin deine Zunge entgegengestreckt hast, hast du nur den Anfang im Blick gehabt, und davon wollen wir jetzt hören!
Also gut, stellt euch vor: Euer großer, dunkler und tapferer Großvater als junger Mann mit der schönen Japanerin auf einem knapp bemessenen Feld mit Bäumen und Tieren, weiter hinten das Wasser des Meeres.

Er geht viele Male um ihr Flugzeug, es liegt verkehrt herum auf dem weißen Rücken, sein Bauch ist aufgerissen, Metall steht heraus und Kunststoffteile, zerfetzter Stoff, Drähte, Schrauben, Kabel. Er fragt sie, was sie erlebt und wie sie überlebt hat, und sagt: Es wird lange dauern, bis dein Flugzeug wieder fliegen kann. Ihre Augen sind auf ihn gerichtet und sagen: Man wird hier sein können für eine gewisse Dauer des Lebens.

Du gehst, sagt der junge Großvater, wie selbstverständlich davon aus, dass ich hierbleibe, um dein Flugzeug zu reparieren und bei dir zu bleiben. Und du hast recht damit: Ein jeder würde dein Flugzeug reparieren und bei dir bleiben, aber durch Zufall bin ich es, der es jetzt repariert und bei dir ist. Es ist ein Zufall, sagen die Augen der Japanerin, aber ich werde mit dir sein wie mit einem, den ich mir ausgesucht habe.

Und ich habe mir dich ausgesucht, sagt der Großvater, ich habe schon aus weiter Entfernung und von sehr hoch oben dein Feuer gesehen und das Muster deines Kleides, leuchtend wie ein Notsignal. Man lebt nicht in der Luft allein, flog mir als Gedanke durch den Kopf, während ich bereits zur Landung ansetzte.

Bis es Zeit gewesen ist zu landen, sind die Vögel mit der Fliegerin stundenlang und kilometerweit geflogen. Unten winkt schon der Besitzer des Rollfelds mit seiner Frau, sie erwarten die Vogelschar samt Begleiterin. Um ihnen eine Freude zu machen, ja, fliegt die Fliegerin noch ein paar Schleifen in der Abendsonne, die Vögel hinterher.

Als sie schließlich am Boden landet, sind die Vögel plötzlich außer Sichtweite. Die Fliegerin erstarrt, spürt jetzt den Wind kalt an der Wange, da, ach!, tauchen sie doch auf aus den Wolken: alle Vögel, keiner fehlt.

Als auch sie gelandet sind, klatschen der Rollfeldbesitzer und seine Frau Beifall, deuten dann auf den Verschlag, den sie für die Vögel vorbereitet haben, und laden die Fliegerin, nachdem die Vögel versorgt sind, zum Abendessen ins Haus.

Die Rollfeldbesitzer sind Flieger aus Leidenschaft, und sie erzählen einen Abend lang von Metallen und Motoren. Die Fliegerin isst und trinkt, hört lange zu und spricht selbst nur wenig.

Müde und mit glühendem Kopf fällt sie spätnachts, frühmorgens, ins Bett. Im Zimmer nebenan hört sie das Knarren des Bettes der Rollfeldbesitzer. Es tut ihnen gut, denkt die Fliegerin, Gäste zu haben.

Lass mich dein Gast sein, sagt der Großvater zur Japanerin, die Tee gekocht hat in der Kasserolle über einem kleinen Feuer, während er gelötet hat und geschraubt und gefeilt. Er setzt sich zu ihr, trinkt ein paar Schlucke, gleich darauf fällt sein Kopf vor Erschöpfung in ihren Schoß. Ist es die Wiese oder ist es ihr Kleid, fragt er sich, als es nach Blüten duftet, und er umarmt ihre Taille und drückt sich fest an ihren Körper, dass ihr Kleid davon heißgebügelt wird. Dann lässt er wieder los und rutscht wenige Zentimeter und drückt sich wieder an sie, sodass der Stoff ihres Kleides bei jeder Bewegung kleine Falten eingebrannt bekommt wie ein Fächer oder eine Ziehharmonika, die vom Hals bis zu den Fußknöcheln hin gezogen und gespielt wird. Die Japanerin liegt jetzt regungslos im Gras, und als der Großvater fertiggefaltet hat, zieht sich diese Ziehharmonika mit einem Ächzen zusammen und ist das Kleid nur noch breit wie eine Binde, die gerade noch den Hals der Japanerin bedeckt. Ein weißer Körper kommt zum Vorschein, unter dessen Haut die Adern zu sehen sind. Dem Großvater wird schwindlig, und er meint, die Muster des Kleides an den Adern der Japanerin ablesen zu können. Schwarz wird ihm vor Augen, dann, als er beim nächsten Atemzug wieder zu sich kommt, blendet ihn ihre Haut, und er fährt mit seinen flachen Händen darüber, und sie blinkt jetzt rot, sodass dem Großvater bei jeder Berührung die Finger brennen und es zischt. Er nimmt dann ihren Kopf in beide Hände und hält ihn lange so und sieht sie an. Sie sieht ihn an und hält den Kopf still, aber ihr Körper bricht in die eine und in die andere Seite aus, als wollte er abhauen oder den Großvater wieder von sich stoßen, aber ihr Gesicht bleibt doch zwischen seinen Handflächen, und ihre Augen sind weit aufgeschlagen, sodass der Großvater tief hineinsehen kann.

Man sieht nichts und hört viel in der Nacht, denkt die Fliegerin, die nicht einschlafen kann. Und auch die Vögel hört sie draußen schnattern. Zieht ein Gewitter auf, oder streift der Fuchs um den Verschlag? Die Fliegerin macht sich auf die Socken und in die Schuhe hinein, schnallt sich die Taschenlampe auf die Stirn und schleicht zum Nachtquartier der Vögel. Wovor fürchten sich die Tiere?, fragt sie sich still und lugt ins Innere. Die Vögel liegen dort aneinandergeschmiegt, einer seinen Flügel um den nächsten geschlagen. Sie schlafen da in einem gemeinsamen Gurren, lebendige

Blasebälge, denkt die Fliegerin, während ein Vogel, der älteste, sein Auge öffnet und es wieder zuklappt.

Der Wind bläst, aber Gewitter zieht jetzt keines auf.

Die Fliegerin tappt im Dunkeln zurück ins Bett.

Kühl wird es, Großvater, bitte erzähl weiter. Der Großvater hat die Fenster aufgerissen und schaut in die Nacht hinaus. Er wischt sich den Schweiß von Stirn und Oberlippe und streift in Schleifen durch die Küche. Den Kopf vorgebeugt, die Hände hinterm Rücken verschränkt, zählt er an seinen Fingern herum und fasst sich an die Stirn, während er uns völlig vergisst. Großvater, wie geht die Geschichte weiter?

Wir beginnen, den Großvater mit seinen alten Zigarettenstummeln anzuschnippen. Einmal treffen wir ihn damit, er bleibt stehen, hält kurz inne, wir sehen uns an, dann nimmt er den Zigarettenstummel, der ihn getroffen hat, vom Boden und heizt sich den kleinen Rest Tabak noch einmal an. Wir seufzen.

Wisst ihr, sagt der Großvater, hält die brennende Zigarette zwischen Daumen und Zeigefinger in unsere Richtung und zwickt dabei ein Auge zu, etwas hat mich knapp verfehlt auf meinen Wegen über die Felder dieser Welt. Das war aber kein lascher Filter wie der hier, sondern knallhart. Das bohrt sich durch die Haut wie durch Butter und mitten ins Herz, ihr kleinen Sesselhocker, damit ihr euch das einmal vorstellen könnt. Es ist ausschließlich meiner Windgeschwindigkeit zu verdanken, dass ich noch unter euch weile und ihr unter mir. Wobei ich nicht sicher bin, ob mir nicht einiges erspart geblieben wäre auf dieser Welt, einschließlich der Welt eure geschätzte Anwesenheit, wenn ich da nicht flott ausgewichen wäre.

Großvater, erzähl weiter, wie es mit der Japanerin gegangen ist. Nun gut, sagt der Großvater, wo wir nun schon dabei sind: Ich hab der Japanerin tief in ihre geweiteten Augen geschaut, und was ich dort gesehen habe, hat mich mitten ins Herz getroffen. Mitten ins Herz, peng-peng, mitten ins Herz, singt der Großvater jetzt noch ein paarmal, dreht sich und schießt mit gestrecktem Zeigefinger und Mittelfinger in die eigene Brust, pfeift die kleine Melodie dann noch zwischen den Zähnen hervor und tanzt und boxt in die Luft. Mitten ins Herz!

Weit hineinsehen kann ich in dich, und was ich sehe, trifft mich mitten ins Herz, sagt der junge Großvater zur Japanerin. Sie streicht mit der Rückseite ihres Zeigefingers über seine Wange bis zu den Lippen und legt dann ihre flache Hand über seinen Mund, sodass der Großvater heiß und rot wird im Gesicht und sich aufbläst von innen her. Bald packt er prustend und spuckend die Arme der Japanerin und drückt sie von sich weg in den Boden.

Ihre feste Frisur biegt sich, und die in den Haarknoten gesteckten Nadeln und Kämme brechen. Ich bin so heil hier angekommen, sagen die Augen der Japanerin, die den Großvater mustern, ich bin vom Himmel gestürzt und hab keinen Kratzer davon abgekriegt, aber du zerstörst mir jetzt alles.

Sie hebt den Kopf zum Großvater hin, ihr Haarschmuck klimpert auf die Erde, die Haare fallen auseinander, und sie beißt sich fest an seinem Hals. Und der Großvater schüttelt sie ab und küsst ihren Mund und wispert zwischen ihre Lippen hinein, dass er alles reparieren wird. Und dass er sich wünscht, dass sie seine Worte versteht, so lallend und schmatzend.

Wir haben einander sofort verstanden, sagt der Großvater jetzt zu uns. Es hat nie ein Sprachproblem gegeben. Großvater, du lallst, sagen wir, nachdem er sich von der Großmutter das soundsovielte Bier hat bringen lassen, um uns in ihrer Abwesenheit seine Geschichte zu erzählen, und um seine Zunge zu lockern, wie er sagt. Großvater, du lallst. Großvater, du bist alt, sagt die Großmutter, die jetzt wieder in die Küche getreten ist, füll diese Geschichten lieber in deine Einweckgläser und geh jetzt ins Bett.

Gute Nacht, ihr beiden. Die Großmutter küsst uns jeweils auf eine Wange und zwickt uns fest in die andere. Der Bruder hat jetzt einen Fleck an der Stelle, rot wie eine Blume.

Blüh auf, meine Freundin, flüstert der junge Großvater der Japanerin ins Ohr. Die Japanerin verdreht die Augen. Blüh auf, blüh auf, blüh auf. Und umschlungen dreht es die beiden über die Wiese, dass das Gras in ihren Haaren hängen bleibt und in ihre Haut sticht, und dass kleine Steine ihren Abdruck dort hinterlassen, und die beiden gemeinsam ihren Abdruck als meterlange Schlangenspur im Boden.

Und dort wächst heute noch kein Gras nach, sagt der Großvater jetzt als alter Mann. So war das, und ihr müsst jetzt auch ins Bett. Der Bruder und ich liegen lange wach in unseren Betten. An Schlaf ist jetzt nicht zu denken, sagt der Bruder. Nein, sag ich, an Schlaf ist nicht zu denken. Dann schweigen wir.

Irgendwann sagt der Bruder ein zusammengesetztes Wort, so etwas wie: Liebestrunk. Und ich muss darauf sagen: Trunkenbold.

Dann streiten wir uns, weil sich mit Bold kein neues Wort bilden lässt. Der Bruder schleudert sein Kissen in meine Richtung. Ich beiße mich durch den Stoff, bis ich Federn zwischen den Zähnen stecken hab, und schlafe mit nassen Augen ein.

Am nächsten Morgen macht sich der junge Großvater frisch ans Werk. Er schraubt und dreht, baut auseinander und zusammen, sucht Fehler und rätselt über Ersatz für Ersatzteile. So eine Reparatur, sagt er sich, ist kein Honigschlecken, nicht auf die leichte Schulter zu nehmen und auch nicht mit links zu machen. Man braucht schon beide Hände und jede Menge Mut und Verstand, um einen Gegenstand zum Fliegen zu bringen. Das alles weiß der junge Großvater und ist dieser Aufgabe gewachsen, nicht umsonst, sagt er und schlägt sich dabei auf die Brust, bin ich es, der sich ihrer angenommen hat. Und, auch das meint der junge Großvater da, einer Bestimmung muss nachgeholfen werden. Die Reparatur eines Flugzeugs ist schwierig, aber sie dauert nicht unendlich. Sie ist komplex, aber nicht unlösbar. Und dann? Während ich hier am Flugzeug der Japanerin hantiere, grabe ich am eigenen Fundament. Wenn ich fertig bin, steigt sie ein und braust ab! Und ich bin dann allein mit meiner Liebe, und wo soll ich hin damit? Sie ist mir dann Ballast, und ich werde durch ihr Übergewicht auf dem Heimflug abstürzen. Und wenn ich dann zerschellt am Boden liege, wird sie mir in den Rücken fallen und mich ganz zermalmen, die Liebe.

Lieber Bruder, wir müssen zu den Vögeln gehen und die Eier fürs Frühstück holen. Ich rüttle an ihm, dem Schlafenden, der jetzt verschwitzt hochschreckt mit verklebten Augen. Du hast ja Federn zwischen den Zähnen, sagt er zu mir. Ich bin der Albtraum deines Tages, sage ich und reiße den Mund auf, damit er meine federgespickten Zähne gut sehen kann.
Schnell, bevor die Eier zu Vögeln werden, rufe ich und laufe voraus durch den nassen Morgen zum Stall der Hühner. Der Bruder stolpert hinterher, wir greifen uns vier Frühstückseier, noch warm und verdreckt vom Nest. Jedesmal dasselbe, schimpft der Bruder, als die

Hennen flatternd und gackernd mit ihren Schnäbeln auf uns einhacken. Aber schon im nächsten Moment haben sie die Sorge um ihr Ei vergessen und staksen fröhlich in den Tag hinaus. Sie sind glücklich und dumm, sagt der Bruder, die Großmutter hat schon recht mit ihrer Abneigung. Ich nicke und grabe weiter im Stroh. Ein kleineres Ei rollt in meine Handfläche, es ist bläulich, aber der Bruder besteht darauf, dass es bräunlich ist. Ich sage: Ein Kuckucksei! Der Bruder sagt, Kuckuckseier gibt es nur in den Nestern von Singvögeln. Dann ist dieses, sage ich, in das Nest eines Nichtsingvogels eingeschmuggelt, doppelt fremd. Ich werde es mitnehmen und selbst ausbrüten. Der Bruder glaubt nicht an einen Erfolg beim Brüten, möchte ihn aber im Zweifelsfall auch nicht versäumen. Wir packen das kleine Ei in ein Taschentuch und halten es mit unseren vier Händen warm. Wir gehen sehr langsam und zischen einander an, nicht zu wackeln und es ordentlich zu halten. So auf vier Beinen und verbunden an den Händen erreichen wir das Haus und unser Zimmer. Hier legen wir das Ei in einen kleinen Koffer, in den wir Atemlöcher stechen und Papier und Stroh stecken.

Da hören wir die Großmutter, wie sie, in der Küche stehend, ruft: Ich bekomme hier keine Luft mehr!

Der Großvater wartet rauchend im Stiegenhaus und sagt: Reisende soll man nicht aufhalten. Dann dreht er sich zu uns, während wir unsere Köpfe durch den Türspalt stecken und die Szene beobachten: Sie versteht uns Flieger nicht. Sie mag die Hühner nicht und ihre Eier, und ihr schmeckt meine Marmelade nicht. Sie hat keinen Sinn fürs Große und Ganze. Sie will den Frühstückstisch decken, während ich dort meine Korrespondenz zu erledigen habe.

Der Großvater steht an die Wand gelehnt, gestikuliert mit seiner rechten Hand und führt die linke immer wieder zum Mund und zieht an seiner Zigarette. Es geht um Leben und Tod, sagt er weiter, es geht um Himmel und Erde. Kein Wunder, dass sie keine Luft bekommt, wenn sie kein einziges Mal die Welt von oben gesehen hat. Hier herunten ist die Luft dünn, so ist es, und oben am Himmel ist sie dick und riecht nach den Kontinenten, auf die man hinabblickt, und nach den Menschen, die sich dort tummeln und lieben und hassen. Das sieht man vom Boden aus nicht, weil man nicht den Überblick hat und die Größe und das Abenteuer. Man ist hier unten einfach zu verstrickt ins Hier und Jetzt und bohrt sich in seinem Tag fest. Aber ein Weitgereister weiß: jetzt am Morgen ist in Japan schon wieder Nacht: was soll dann der Aufruhr hier um ein Frühstück?

Die Großmutter, die sich die Rede des Großvaters angehört hat, ruft jetzt, es geht auch ihr um Leben und Tod. Sie nimmt das Gewehr des Großvaters, das über dem Esstisch hängt, und richtet es auf ihn. Sie ruft noch einmal: Leben und Tod!, packt dann aber das Gewehr unter den Arm und läuft in den Garten hinaus. Der Bruder und ich laufen zum Fenster und blicken ihr nach, bis sie klein ist wie ein Punkt, und danach nicht mehr zu sehen.

Die Fliegerin wirft einen Blick auf die Landkarte und umkreist mit dem Bleistift ihr nächstes Etappenziel. Die Rollfeldbesitzer füllen Kaffee in eine Thermoskanne und verabschieden sich mit Einladungen für ein nächstes Mal. Sie mit ihren Vögeln, sagen sie, sind uns immer herzlich willkommen. Die Fliegerin steckt sich den Bleistift hinters Ohr, setzt den Helm darüber, zieht die Handschuhe an. Sie atmet tief durch, zeigt Gesten des Aufbruchs, pfeift den Vögeln, schwingt sich ins Fluggerät, fährt übers Rollfeld und legt an Geschwindigkeit zu. Die Vögel watscheln und laufen hinter ihr her und bewegen ihre Flügel schnell und schneller, bis sie alle mit einem gemeinsamen Ruck in die Höhe steigen, noch schneller werden, noch höher steigen, ausreichend an Höhe gewinnen, vorerst noch einmal abdrehen und über dem Grundstück der Gastgeber kreisen: Eine Ehrenrunde für die lieben Leute, sagt die Fliegerin. Auch für solche Zwecke hat sie ihr Tuch dabei: um noch einmal aus den Wolken zu winken.

Man muss dem Volk geben, wonach es begehrt, sagt der Großvater zum Bruder und mir und stellt nun doch das Frühstück auf den Tisch. Kommt die Großmutter zurück?, fragen wir. Ich weiß es nicht, antwortet er, aber sie ist noch immer wieder zurückgekommen. O Herr, wir begehren ihre Rückkehr, sagen wir und schlagen mit Messer und Gabel auf den Tisch. Dann werde ich mich darum kümmern müssen, sagt der Großvater und geht ins Freie.

Freiheit ist ein Vogel in der Luft und ein Mensch in einem leise schnurrenden Fluggerät, denkt die Fliegerin, und grenzenlos ist sie über den Wolken, da muss man dem Satz des berühmten Philosophen auch recht geben. Aber auch kühl und zugig ist diese Freiheit, denkt sie weiter, bevor endlich der erste Sonnenstrahl ihr Gesicht trifft und der neue Tag sie blendet. Und sie sieht zu den Vögeln, ja, sie blinzeln mit den Augen und schlagen mit den Flügeln, als lachten sie. Es kracht. Es kracht!

Es hat gekracht, der Bruder und ich laufen wieder zum Fenster, sehen aber die Großeltern draußen nicht. Wir springen in unsere Stiefel und stürmen in den Garten.

Es hat gekracht, die Fliegerin ist regungslos für einen Moment. Und der Gedanke fliegt ihr durch den Kopf, wie es wäre, wenn einer ihrer Vögel plötzlich vom Himmel fiele, die Luft voll von Daunen, die anderen Vögel ausgebrochen aus der Schar, kreischend überm Jagdgebiet.

Aber jeder weiß doch von unserer Unternehmung!, schreit sie da. Jeder weiß davon, und dass ich die Vögel aufgezogen habe, und wir gemeinsam fliegen gelernt haben, und dass wir nur noch Tagesrouten entfernt sind, und dass wir so lange gekämpft haben für die Genehmigungen, Wetterdienste, Menschen, Autos, Rettungsboote und die Zeit und das Leben. Und dann kommt einer, der alles zunichte macht?

Der Fliegerin rinnen jetzt die Tränen übers Gesicht durch den Mund in den Hals hinein.

Aber nein, nichts ist ihren Vögeln zugestoßen, der Krach ist von einer anderen Gegend her gekommen.

Es hat gekracht im Garten. Der Bruder und ich halten uns an den Händen und laufen zum Verschlag. Die Vögel sind wild in alle Richtungen verstreut. Der Fasan humpelt, der Pfau ist ins Feld geflüchtet und versteckt sich dort zwischen den gelben Ähren. Die Rebhühner flattern zentimeterhoch überm Boden und stürzen wieder auf die Erde. Die Hühner gackern und laufen wie ferngesteuert gegen die Wand. Der Bruder und ich sprechen nicht. Wir laufen vom oberen bis zum unteren Feld des großelterlichen Grundstücks und sammeln die Vögel ein, die sich in unsere Arme ducken.

Unten auf der Schnellstraße klingt es, als knallten zwei Mopeds gegeneinander. Es sind immer junge Männer, sagt der Bruder, die die Gegend nicht kennen und die kurvenreiche Strecke unterschätzen. Junge Männer, die in Großmutters Namen stürzen, sage ich. Wir sehen kurz auf die Straße hinunter, aber die beiden haben sich schon wieder erhoben, einander die Hände geschüttelt und rasen weiter.

Beladen mit Vögeln durchqueren wir den Verschlag, wo nach einem Durchgang in einem nicht überdachten Bereich die Voliere steht. Dort sehen wir den Großvater ausgestreckt am Boden liegen. Die Großmutter sitzt mit der Schrotflinte in der Ecke und starrt ihn an. Wir stehen da und schauen. Der Bruder und ich: wie zwei aufgetakelte Festgäste, die zu spät gekommen sind, denke ich. Jetzt ist es still, auch die Vögel haben ihre Köpfe eingezogen, nur eine Feder fliegt durch die Luft in schaukelnden Bewegungen.

Der Bruder und ich bekommen jetzt weiche Knie. Ich sehe noch, wie er, der einen Vogel mehr als ich auf den Armen sitzen hat, die Balance verliert und mit seiner Federlast auf den strohbedeckten Grund plumpst. Ich sehe das Weiß in seinen Augen, da wird mir schwarz vor meinen, und ich denke, ich falle. Und ich meine, wir liegen da, bis die Großmutter schreit: Verdammt!, und bis die Hühner mit ihren Krallen auf unseren Köpfen herumstaksen und mit ihren kurzen Schnäbeln gegen unsere Schädeldecken trommeln. Wir schauen zum Großvater, der mit dem Gesicht nach unten im Stroh und Vogelmist liegt. Verdammt.

Verdammt nochmal, eure Großmutter ist eine heißblütige Jägerin, das hat sie von mir! Der Großvater dreht seinen Kopf zu uns und schreit. Und noch einmal: Verdammt!, ein Ziervögelchen mit der Schrotflinte aus dieser Nähe zu schießen, das muss ihr erst einer nachmachen, das ist verdammt nochmal ein Ding der Unmöglichkeit! Keiner vor ihr hat es geschafft, und keiner nach ihr wird es schaffen, außer vielleicht meiner bescheidenen Wenigkeit. Das muss man sich ansehn, ein tolles Weib! Der Großvater stöhnt, ja!, er entreißt der Großmutter die Flinte und richtet ihren Lauf auf die Voliere. Peng-peng-peng! Er schießt das Magazin leer – und trifft jedesmal daneben.

Einfach aus Lust, sagt der Bruder später, einfach weil er sich messen wollte und dabei kurz vergessen hat, wie sehr er die Vögel, und besonders die Ziervögel, liebt. Peng-peng, hat er geschossen und ist dann durch die Wucht des Schießens auf den Boden zurückgefallen und hat laut zu schluchzen begonnen. Und heulend ist er gekrochen, als schöbe er durch Schützengräben die Flinte vor sich her, auf beiden Ellbogen zur Großmutter hin, hat sie zitternd umarmt und sich in ihren Rock geschnäuzt. Und die Großmutter hat ihn umarmt, und wir haben uns dazugelegt, wir haben uns alle umarmt und geheult. –

Genug geflennt, sagt jetzt die Großmutter und steht als erste auf. Ich mach uns Butterbrote, und wir öffnen eine Flasche Wein, und dann soll es auch gut gewesen sein für heute. Der Bruder und ich trocknen uns gegenseitig die Tränen aus dem Gesicht. Der Großvater beugt sich über die Großmutter, als er wieder steht, und küsst sie. Weg da, sagt die Großmutter und wischt sich mit dem Handrücken über die Lippen. Der Bruder hält sein rechtes Nasenloch mit dem Daumen zu und schnäuzt seinen Rotz in die Ecke. Ich schüttle mich, rufe: Widerlich!, und mache dasselbe. Widerlich!, ruft der Bruder. Wir halten uns alle vier an den feuchten Händen und gehen ins Haus zurück.

Ich halte deine Hand, liebe Japanerin, so flüstert der junge Großvater bei sich und übt ein, was und wie er es genau sagen wird: Und ich halte an um diese Hand und den Rest deines Körpers, deines Herzens, deiner Seele und deiner Frisur, denn ich denke am Tag an die Nacht und in der Nacht an die Liebe. Und du siehst, ich repariere dein Flugzeug, und nach der Reparatur kommt der Heimflug. Ich will, dass du dann mit mir fliegst. Ich wohne in einem schönen Land auf einem Hügel, ich habe dort Einfluss und gelte als einer der Größten, der Dunkelsten und der Tapfersten. Und du wärest dort die Kleinste, die Hellste und die Tapferste, und wir würden ein schönes Paar abgeben in unseren Flugzeugen. Ich sehe schon die Leute winken auf der Landebahn, wenn wir einfliegen als lange Verschollengeglaubte, aber dann umso frischer wieder unter meinen Landsleuten. Sie werden sagen: Da hat er sich eine schöne Frau ausgesucht in fernen Landen. Sie werden durch die Zähne pfeifen, und der Neid wird ihnen aus den Augen schauen. Und während wir aus unseren Flugzeugen steigen, werden die Menschen ein Spalier bilden und Willkommenslieder anstimmen, sie werden endlich ihre Hüte werfen und Blumen, und als erstes werden Kinder aus der Menge ausbrechen und auf dich, die Japanerin, zulaufen, sie werden dir in die Hände drücken, was sie über den Tag gesammelt haben, kleine Steine, buntes Papier, winzige Schneckenhäuser. Und du wirst jedes einzelne Kind umarmen und einen Teil ihrer Geschenke dir ins Haar stecken und einen Teil davon in die Menschenmenge zurückwerfen als Angebot zur Freundschaft. Die Frauen werden noch skeptisch sein, weil sie um ihre Männer fürchten, aber still bewundern sie dich schon, und bald werden sie alle deinen Gang nachahmen, deine Kleider nachschneidern, deine Frisur sich stecken. Und ich werde Gedichte schreiben dir zu Ehren, auf Papier, das wir zu Fliegern falten und in die Welt verschicken.

Und so dichtet der Großvater als junger Mann in Gedanken an seinem Leben, während er noch am Flugzeug der Japanerin hantiert, und legt sich die Zukunft zurecht, während sie noch nichts weiß von ihrem Glück.

Es klingt wie Glück, dass du und die Japanerin euch kennengelernt habt in dieser Zeit auf diesem Feld, sagt der Bruder jetzt. Wir haben uns sehr gut kennengelernt, antwortet der Großvater, während die Großmutter die Flasche Wein aus dem Keller holt. Er schließt die Augen und atmet fest ein, wie er es sonst nur im Frühling unterm blühenden Kirschbaum tut. Aber, sagt nun wieder der Bruder, ich weiß nicht, ob wir beide, und er deutet dabei auf mich und auf sich selbst, bereit gewesen wären, uns auf das Japanische in Wort und Schrift einzulassen. Immerhin hätte dann unser Vater doch halb japanisch gesprochen und wir beide noch ein viertel, somit jeder für sich ein achtel. Da hätten wir in jedem Satz zirka ein bis zwei japanische

Wörter gehabt und wären aus dem Wörter-an-den-Fingern-Abzählen nicht mehr herausgekommen.

Aber die Finger benötigen wir für anderes, ergänze ich den Einwand des Bruders, wenn schon der Mund voll ist mit Essen und Sprechen. Der Großvater nickt und bläst die Luft durch die Nase zurück in die Welt, wie er es sonst nur im Sommer tut, wenn die letzte Kirsche gepflückt und gegessen ist. Dann ist ja nochmal alles gut gegangen, meine zwei einsprachigen Enkelkinder, sagt er, aber jetzt müsst ihr mich ein bisschen allein lassen für eine Zwiesprache mit eurer Großmutter, meiner Frau.

Der Bruder und ich nicken und verdrücken uns still auf den Dachboden. Wir bauen zwischen die dort gelagerten Möbel und Kisten einen schmalen Gang und setzen uns an dessen Ende auf Decken. Der Bruder nimmt eine alte Mütze von einem Stoß Kleidung und zieht sie sich übers Gesicht. Mit dumpfer Stimme sagt er: Betrogen bin ich um mein Abendessen. Betrogen bin auch ich, sag ich.

Der Vater hat aber wirklich nichts Japanisches an sich, sage ich später. Nein, gar nichts, antwortet der Bruder. Obwohl er ein großer Freund des Tees ist, sage ich. Ja, sagt der Bruder, und ein Liebhaber der japanischen, der Bruder macht seine Stimme beim nächsten Wort glockenhell, Kunst des Papierfaltens. Wir lachen.

Der Bruder streift endlich die Mütze wieder aus seinem Gesicht, das jetzt knallrot ist und dampft vor Hitze. He, Rothaut, rufe ich, du bist der Enkel einer Japanerin und eines Indianers!

Und du, ruft der Bruder, bist die Frucht des Leibes einer mittellosen Kirschenpflückerin und eines berüchtigten Schürzenjägers, und wir haben dich verwahrlostes Kind bloß aus Mitleid aufgenommen ins Haus meines mächtigen Großvaters, dem das Land gehört von der Straße unten bis zum Himmel oben mit all seinen Vögeln, Fluggeräten und Raketen, die zum Mond fliegen.

Haha, lache ich, es war umgekehrt, aus Mitleid bin ich zu euch gekommen! Ich bin tapfer durch die Lande gezogen und geflogen und hab dann dich gesehen und mir gesagt, so ein Dreikäsehoch mit Elefantenohren braucht ein Geschwisterkind, dessen Glanz auf ihn abstrahlt, und das ihm zeigt, wie man mit solchen Ohren, wenn auch nicht schön sein, so doch fliegen kann.

Siehst du, sagt der Bruder darauf, und ich hab mir immer gedacht, wie gut, dass ich mit meinem erbarmungs-

55

würdigen Ziehgeschwisterkind das Fliegen übe, denn mit seinen krummen Beinen, seinen schwarzen Krallen an den Zehen und seiner schnabellangen, schweren Nase hätte es das Gehen ohnehin nicht erlernt.

Und während der Bruder das sagt, klopft es an der Dachbodentüre, und die Großmutter stellt uns ein Tablett mit dem Abendessen auf den vom Staub grauen Boden. Habt ihr keinen Hunger, fragt sie, und wollt ihr nicht zu uns herunterkommen? Nein, sagen wir, wir wollen heute ein bisschen allein gelassen werden für eine Zwiesprache. Ach so, antwortet die Großmutter.

Über Decken und Möbelstücke stolpere ich hin zum Tablett. Noch sehe ich die Großmutter, wie sie die Dachbodenleiter hinunterklettert und unter der gemusterten Schürze ihr Hintern wackelt.

Wieso trägt die Großmutter immer Blusen und Röcke, die nicht zusammenpassen?, frage ich den Bruder und stelle unser Essenstablett auf die Decke, die heute unser Tisch ist. Weiß nicht, sagt der Bruder.

Die Großmutter sieht aus wie einer unserer Vögel und nicht wie die Frau des schönen Großvaters, sage ich. Wenn ihr Rock grün ist, ist ihre Bluse rot. Wenn ihr Rock Punkte hat, hat ihre Bluse kleine Rosen.

Und so sprechen wir weiter und zählen auf, was uns

einfällt: Ist die Bluse gebügelt, ist der Rock gestrickt. Trägt sie einen Sonntagsmantel, trägt sie dazu Gummistiefel. Hör nicht auf, sage ich zum Bruder und lache. Nein, sagt er und lacht, wir reden weiter, bis wir einschlafen!

Trägt sie Brille, trägt sie Hut. Und ihr Schmuck, wer weiß, wo sie den ausgegraben hat! Irgendwas an ihr blinkt immer, und wenn es die Schutzjacke ist, die sie einem Bauarbeiter abgeschwatzt hat.

Die Menschen im Ort sind jedesmal geschockt, wenn sie die Großmutter sehen. Auf der Straße schütteln sie ihr die Hand und machen höflich die blumigsten Komplimente für ihr Aussehen. Doch wie benommen torkeln sie danach die ersten Schritte und laufen gegen eine Laternenstange oder einem anderen Passanten voll in die Brust. In der Folge kommt es immer zu Streit, nachdem die Großmutter unten im Ort ihre Erledigungen gemacht hat. Sie aber kommt nach Hause und erzählt von den vielen Komplimenten der freundlichen Dorfbewohner, und beim nächsten Einkauf nimmt sie von den bunten Blusen noch fünf Stück.

Fünf rechts, fünf links, fünf vor mir und der Rest hinter mir: so fliegen wir über das Land. Die Fliegerin sitzt im Fluggerät und ist über Funk mit dem Meteorologen verbunden, der ihr jetzt schweigend zuhören muss. Und manchmal, sagt sie zu ihm, macht mich diese Reise auch traurig, weil sie kurz ist und lang, erschöpfend und ermächtigend.

Weil ich, während sich bei uns dort ein kurzer Sommer hält, ausschließlich die Reisevorbereitungen im Kopf habe, die Pflege der Vögel und die Wartung des Fluggeräts.

Wenn ich dann endlich aufgebrochen bin, beginnt mein Tag früh am Morgen, bald heizt sich die Luft auf, ich hab mit Durst zu kämpfen und mit den Mücken. Und nach wenigen Tagen des Unterwegsseins beginnt es kühler zu werden, zuerst kaum merklich, dann schon deutlich, wenn der Reif sich in der Nacht aufs Gras und auf mein Reisegepäck gelegt hat. Ja, der Reif, sagt der Meteorologe kurz.

Um die Mittagszeit, fährt die Fliegerin fort, erholt sich der späte Sommer dann noch einmal, sodass ich bis zum Abend vergessen habe, dass es jemals wieder Herbst werden muss.

Und wenn ich angekommen sein werde, wird es wirklich Herbst geworden sein im Winterquartier meiner Vögel: aber ein milder Herbst und ein lauer Winter, die sich beide nicht so scharf abzeichnen von den übrigen Jahreszeiten. Ja, ein lauer Winter ist zu erwarten, sagt der Meteorologe da.

Nicht so wie bei mir daheim, sagt die Fliegerin, wo es keine Frage gibt, welche Jahreszeit gerade herrscht: Der Winter ist ausnahmslos eiskalt, der Sommer ausnahmslos brütend heiß. Und der Frühling! Der ist so, dass der Blütenduft der ausschlagenden Bäume und Büsche den Menschen ausnahmslos die Sinne benebelt und dass sie an diesen Tagen kaum arbeitsfähig sind. Der Meteorologe kichert leise.

Und in seinen ersten Tagen, so die Fliegerin weiter, ist auch der Herbst dort herrlich, leuchtend rot und kupfrig, aber schon bald grau und nass und ausnahmslos zum Davonlaufen.

Ja, die Vögel werden es besser haben in ihrem Winterquartier, und vielleicht erinnern sie sich an mich in meinem Land und fliegen im nächsten Frühjahr die Strecke zurück. Ohne Begleitung und aus eigenem Antrieb. Vielleicht, um an den Ort ihres Fliegenlernens zurückzukehren? Vielleicht tauchen sie eines Tages im Frühling einfach wieder auf aus dem Blütennebel und steuern auf mich zu?

Und als die Fliegerin jetzt statt der Stimme des

Meteorologen nur noch ein Rauschen hört, dreht sie ihren Kopf zu den Vögeln und sagt zu ihnen: Und ich werde mit den Armen rudern, als hätte ich Flügel, und werde euch zurufen: Schau, da seid ihr wieder!

Schau, sagt der junge Großvater zur Japanerin nach einem Tag des Reparierens und der vielen Gedanken an ihr zukünftiges Glück. Ich hab dir etwas aus einem Stück Draht aus deinem Flugzeug gedreht, und ich möchte, dass du es trägst. Der Großvater kramt aus seinem Werkzeugbeutel eine ringfingergroße Spirale aus Kupfer hervor, sie ist, wie seine Finger, noch von Öl verschmiert. Er hält sie mit großen Augen der Japanerin unter die Nase. Die Japanerin blickt auf das rötlich-schwarze Etwas in der serviertellerflachen Hand des Großvaters, sieht dann in seine Augen, schaut schließlich zum Himmel hinauf und auf den Ring hinunter. Sie greift nach diesem, küsst den Großvater auf die Nase, hält das Ding gleich so, dass sie mit einem Auge durchsehen kann wie durch ein Fernrohr, setzt es danach an ihre Lippen und pfeift wie durch eine Flöte. So geht das eine Weile, einmal führt die Japanerin sogar vor, wie der Ring den Stiel der kleinen Kasserolle, in der sie das Teewasser kocht, praktisch verstärken könnte. Der Großvater sitzt dabei und lacht. Dann wird er stiller, und bald rinnen ihm die Tränen über die Wangen.

Die Japanerin unterbricht jetzt ihr Spiel und sieht ihn an. Sie nimmt seine Hand in ihre Hände und deutet damit auf alles, was da ist: die Flugzeuge, das Feld, das Wasser über dem Feuer, die Beeren auf den Sträuchern, die Schnecken, der Himmel. Der Großvater aber schluchzt und sagt: Das ist nicht genug.

Um die Ausmaße ihres Zusammenseins zu demonstrieren, läuft die Japanerin den Umfang des Feldes ab und macht dabei ein Gesicht wie: Sei doch nicht traurig!

Der Großvater schluchzt noch immer. Die Japanerin kommt zurück und nimmt jetzt den Ring, steckt ihn auf ein Ästchen, hält ihn ins Feuer, zieht ihn rasch heraus und drückt das heiße Stück auf ihre Haut, ohne eine Miene zu verziehen. Danach, noch bevor sich der Großvater wehren kann, drückt sie den Ring ebenso auf seine Haut. Der Großvater brüllt. Er brüllt, und jetzt spritzen die Tränen in Fontänen aus seinen Augen, er krümmt und windet sich, greift an die wunde Stelle, um sie abzudecken, und brüllt noch lauter. Die Japanerin fasst ungerührt in die Asche der Feuerstelle, hält den Großvater fest im Griff, reibt die Asche in seine und in ihre Haut. Dann fehlt dem Großvater die Erinnerung.

Tief geschlafen haben der Bruder und ich auf einem Berg aus Kleidungsstücken. Als wir erwachen, sind wir ineinander verschlungen, und um uns hat sich ein Schal gewunden. Wie eine Schlange, sagt der Bruder, wie ein S. Ein neuer Buchstabe, sage ich. Ein S, der Bruder nickt, das die ganze Geschichte einer unruhigen Nacht erzählt. Ja, sage ich, ich erinnere mich, dass ich ein paarmal aufgewacht bin und einen Mantel umarmt hab. Und dann hab ich zu dir geschaut, und du hast gerade deine Mütze geküsst, die aus dir einen echten Indianer gemacht hat.

Wir krallen uns den Kleiderberg und stopfen den größten Teil davon in zwei Hosen und zwei Hemden, sodass daraus zwei menschengroße Puppen werden, die wir statt uns auf den Boden betten und zudecken.

Dann tappen wir in unser Zimmer und beginnen leise mit dem morgendlichen Ritual: zuerst das Kuckucksei in seiner Schachtel drehen und die Temperatur des Heizkörpers kontrollieren, auf dem es gelagert ist. Dann hinaus zum Briefkasten und die Karte der Eltern herausfischen. Dann zu den Hühnern und zu den anderen Vögeln: ausmisten, Eier einsammeln, Futter streuen. Dann ins Haus laufen, aufs Frühstück warten. Ach so, sage ich, es steht natürlich auf einem Tablett auf dem Dachboden vor unseren Schlafpuppen!

Voll Übermut, dass wir die Großeltern ausgetrickst haben, klettern wir nach oben und setzen uns hungrig zum Frühstück. Scheiße, sagt der Bruder.

Die Großeltern sind auch nicht blöd, sage ich, sie haben sich was einfallen lassen, essbar ist nichts davon. Seife statt Käse, Holz statt Brot, lackierte Perlen statt Beeren. Und in der Kanne braun schimmernde, zusammengeknüllte Folie statt Malzkaffee. Wie in einem Puppenfilm, sagt der Bruder, fehlt noch der Milchschaum aus Watte, den wir in der nächsten Szene als Schnee übers Land rieseln lassen. Das Land, in dem Milch und Honig fließen, sage ich.

Wir gehen zurück in die Küche, unsere Puppenkollegen auf unseren Schultern sitzend. Guten Morgen, grüßen jetzt die Großeltern. Es gibt also Frühstück für sechs, und das ist fast so, als wären die Eltern hier.

Ich strecke dem Großvater die heute eingetroffene Postkarte entgegen, und er beginnt laut vorzulesen von einer Schiffsreise über den Ozean, von einem neuen

Land und seinen Bewohnern. Von wilden Tieren, die aussehen, als wären die Arten durcheinandergewürfelt. Und von Speisen aus leuchtend farbigem Gelee mit Stücken von Früchten darin und süßen schwarzen Nüssen. Und von ihren Festen und von dressierten Äffchen in Menschenkleidern. Von Kindern mit prächtigen Tätowierungen. Von Salutschüssen, so laut, dass den Eltern fast das Trommelfell platzt.

Und davon, dass sie mitfeiern, dass aber feindliche Dorfgemeinschaften das Fest stören. Davon, dass die Eltern all das Leben genießen, sich aber gleichzeitig bedroht fühlen. Dass sie Zugehörigkeit erleben und gleichzeitig Einsamkeit spüren. Dass sie uns schreiben und überhaupt schreiben, Tagebuch und Notizblöcke voll Beobachtetem und Gedichtetem, dass sie aber gleichzeitig das Gefühl haben, sich nicht mitteilen zu können und nicht auf Verstehen zu stoßen. Und dass sie das hier Geschriebene einfach loswerden mussten, obwohl sie wüssten, dass unsere kleinen Kinderseelen das noch nicht verstünden. Der Großvater sieht von der Karte auf und schließt mit: Liebe Grüße, Eure Eltern.

Ich weiß nicht, sage ich, ich verstehe alles. Ich auch, sagt der Bruder.

Sie unterschätzen euch, sagt der Großvater. Aber ich tue das nicht, deshalb gibt's heut ein paar Flugstunden, und davor wird ordentlich gearbeitet. Wir müssen den Zaun reparieren, den Garten umstechen, einen Vogel köpfen. Wie, einen Vogel köpfen?, lachen der Bruder und ich. Nun, erwidert der Großvater, ihr wollt doch groß, stark und aerodynamisch sein fürs Fliegen? Dafür müsst ihr schon hin und wieder einen Vogel köpfen.

Wir, der Bruder und ich, sehen stumm den Großvater an. Er nimmt das große Küchenmesser und dirigiert uns durch den Garten zum Verschlag hinunter. Welchen Vogel, fragt er, habt ihr am liebsten? Ich deute auf unser liebstes Huhn, das wir kennen, seit es ein Küken war, und das auch jetzt noch fast ein Küken ist mit seinem bauschigen Körper, seinen weichen Krallen, seinen großen, hellen Augen. Es gackert, wenn es uns sieht, und läuft uns schon den halben Weg durch den Garten entgegen. In seinem Nest haben wir das Kuckucksei gefunden, und aus seinen Federn haben wir für den Großvater Indianerschmuck genäht. Wir streiten uns, wer seinen Platz ausmisten darf, und manchmal tragen wir es tagsüber unterm Hemd mit uns herum. Seine Eier sind köstlich, sie schmecken

65

nach frischer Wiese, und nach dem Kochen sind sie noch butterweich und schmelzen auf der Zunge.

So sage ich es dem Großvater, er sieht mich dabei an, zählt: eins-zwei, und hackt bei drei dem Huhn den Kopf ab.

Man muss sich trennen können von dem, was man liebt, sagt er, nimmt den noch flatternden Körper des Tieres, zieht einen kleinen, farbigen Ring von seinen Krallen, kickt uns das Ding entgegen, verlässt den Verschlag raschen Schrittes und zwickt im Garten noch einen Zweig Rosmarin vom Strauch.

Stundenlang hantiert er in der Küche. Brät ab und gießt auf, zerstößt Salz und Kräuter, wendet, löscht ab. Reduziert die Flamme, stellt die Pfanne bei, schält Kartoffeln, dünstet Gemüse, verdickt Soße, verdünnt Saft.

Der Bruder und ich sind draußen, stechen Beete um, reparieren Zäune, stutzen Hecken, stützen Setzlinge, streuen Dünger, wässern Felder. Bevor es dunkel wird, bohren wir ein spatenstielgroßes Loch in den feuchten Boden, beerdigen den Hühnerkopf und stecken auf den kleinen Haufen eine lange, dunkle Feder aus dem Flügel unseres toten Lieblingshuhns.

Liebling, flüstert die Japanerin auf Japanisch. Sie hat ihre Wunde und die des Großvaters am Unterarm mit einem Streifen aus ihrem Kleid verbunden. Der Großvater liegt im Gras und greift nach dem silbernen Flachmann in seiner Brusttasche. Er vergisst jetzt zu sparen und trinkt mit einem Zug die halbe Flasche leer, dann reicht er sie der Japanerin, die jetzt ihrerseits mit einem Zug die ganze Flasche leert. Danach fällt ihr Kopf zurück und wird gebettet in einen von Blumen dicht bewachsenen Flecken Wiese. Für einen Augenblick schläft sie fast, während der Großvater jetzt das Leben spürt in all seiner Kraft und Macht. Er weiß für diesen Moment, dass alles zusammengehört, er sieht, wie die Kontinente verbunden sind durch die Meere und wie die Menschen einander ähneln. Er weiß jetzt, dass er hier im Gras liegt mit jedem Recht, er spürt, wie sein Kopf von der Erde gehalten wird, und er spürt auch das Gewicht der Erde, wie es sich ablegt auf seinem flachen Rücken. Er weiß, dass er nicht von dieser Welt fallen kann, und drückt die helle Hand der Japanerin, die neben ihm liegt. Er sagt sich, es gibt Sinn und Zweck. Er spürt die Muskeln seines Körpers und weiß, er ist jemand, der im Leben noch etwas zu tun hat. Er hat Pläne und Wünsche, unkonturiert zwar, aber fühlbar als neue Energie und als große Lust auf das, was folgen wird. Und er formt mit seinen Lippen ein großes Wort und versucht, es laut auszusprechen. Da kommt ihm die Japanerin dazwischen und küsst ihn auf den Mund. Sie schmiegen sich aneinander und rollen so durchs Gras, an den Köpfen etwas stärker als an den Füßen unten, sodass sie nach einer Stunde oder zwei ein diesmal kreisrundes kleines Feld plattgewalzt haben. Ein schöner Tanz ist das, sagt der Großvater, und die Wiese hat nichts dagegen.

Da, die Gegend kommt mir bekannt vor, sagt die Fliegerin laut, aber die Vögel antworten nicht. Verstehen sie mich? Und verstehe ich sie? Oder diese Rollfeldbesitzer: ist in ihrem Abschiedswinken ein Seufzen der Erleichterung gelegen, oder hat es ein herzliches Auf-ein-nächstes-Mal bedeutet? Sie haben ja seit Wochen auf uns gewartet gehabt, ich hab die Zeitungsberichte über unsere Unternehmung ausgeschnitten auf ihrem Küchentisch liegen sehen. Und die Frau hat die Vögel, verzückt von der kleinen Schar, kaum aus den Augen gelassen. Ich hab ihr immer wieder die Namen der Vögel aufzählen müssen und dazu ihre jeweiligen Merkmale. Sie hat sich aber nichts merken können,

68

aber herzlich war sie und offen. Mir sind diese Leute fast lieber als die anderen, die einem alles madig machen und einer Fliegerin am liebsten den Wind verbieten würden.

Sie haben keine Ahnung von dieser Arbeit und mischen sich ein. Sie rufen an und fragen, wie geht es den Vögeln, wie geht es dem Fliegen, aber kaum jemals kommen sie selbst vorbei, um es sich anzusehen, geschweige denn setzen sie sich jemals in ein Fluggerät. Auch nicht, um einfach über die Wiesen des Hanges vor den Vögeln herzurollen, um sie an den Mutterersatz zu gewöhnen. Ich habe sehr oft vor den Vögeln herrollen müssen, und ich war für jede Unterstützung dankbar. Und diese Leute haben angerufen und nichts getan, als mir ihre Sorge mitzuteilen: Die Ausrüstung sei nicht optimal, das Fliegen gefährlich, Unwetter vorhergesagt. Sie haben mir bei diesen Anrufen berichtet, wer für und wer gegen die Unternehmung ist, wobei sie sich auch bei der Schilderung der Gegenstimmen nicht höflich zurückgehalten haben: Ich, die Fliegerin, sei keine Fliegerin im eigentlichen Sinne. Und sie haben die Namen der drei bekanntesten Flieger der Geschichte aufgezählt, um nachzusetzen, dass ich offensichtlich nicht einer dieser drei Herren sei. Wenn ich darauf gesagt habe, von diesen dreien seien zwei abgestürzt, haben sie geantwortet, umso mehr sei das ein Grund, das Fliegen bleibenzulassen.

Das haben sie mir gesagt! Mir, die ich schon fliegen, bevor ich noch gehen konnte! Die ich schon als Kind die abgestürzten und verwundeten Vögel aufgelesen und gesund gepflegt, die ich aus meinen Schulheften Papierflieger und Kraniche gefaltet, die ich im jugendlichen Alter stets eine Pilotenmütze getragen habe plus Pilotenbrille! Mir, deren Wohnzimmer mit Kunstfliegermedaillen nur so gepflastert ist, mir, die ich mich ganz der Arbeit mit den Vögeln widme!

Und diese Leute sagen mir, es geht ihnen auch um die Vögel, die Natur und die Weltgeschichte! Und sie schicken Glückwunschkarten mit Sätzen wie Hals- und Beinbruch, und ich frage mich, ob sie mir ehrlich wünschen, dass ich davon verschont bleibe?

Während die Fliegerin all das sagt, fliegen die Vögel neben ihr und nicken ihr zu. Diese Karten, spricht die Fliegerin lauter weiter und schreit jetzt fast, erreichen mich meistens, wenn ich vor dem Abflug stehe, wenn ich alle meine Sinne zusammengenommen habe und mich auf die Unternehmung meines Lebens vorbereite. Wenn ich früh zu Bett gehe und früh aufstehe, wenn ich den Kontakt zur Außenwelt auf das Nötigste beschränkt habe und gleichzeitig mit dem Bodenteam in bestem Einvernehmen stehe. Wenn der Meteorologe mitzittert, und das Rettungsboot am Ufer des großen Sees bereitsteht, wenn der Kameramann seine Ausrüstung verstaut, wenn der letzte Sponsor sein Geld bezahlt hat, endlich, endlich. Wenn die letzte Genehmigung schriftlich eingelangt ist, und mein Puls dreimal so rasch schlägt aus Vorfreude, Nervosität und Konzentration.

Hm? Hat sich jetzt einer der Vögel zu mir gedreht und gesagt: Lass doch die Leute?!

Nein, es muss der Wind gewesen sein, ich spür's, kühl bläst er mir ins Gesicht.

Ich spüre meine Glieder nicht mehr, sagt der Bruder, arm bin ich und krank, nachdem wir einen Nachmittag lang im Freien schwer gearbeitet und nicht über unseren Verlust gesprochen haben. Schwach bin ich und alt, sage ich, trotz meiner jungen Jahre. Ein Schatten wandert über das Gesicht des Bruders. Ich sehe zum Himmel hinauf, es ist kühler geworden. Ein großer Vogel kreist über unserem Garten und fliegt bald tiefer, sodass sein Schatten in unseren Gesichtern größer und größer wird, bis er uns beinah streift mit seinen Federn. Wir hören den Wind und dazwischen die Flügelschläge des Vogels. Es wird doch kein Kuckuck sein, der sein Ei bei uns abholen will?, fragt der Bruder. Da stürmt die Großmutter, wild mit den Armen rudernd und unsere Namen rufend, aus dem Haus. Sie kennt den Namen des Vogels und befiehlt uns mit pfeifender Stimme, uns zu ducken und ins Haus zu laufen. Sofort!, brüllt sie uns entgegen, und ihre Augen glühen.

Im Haus hüllt uns die Großmutter in Decken und setzt uns an den Kachelofen wie zwei verschnürte Pakete. Dann kommt der Großvater mit einer Flasche Schnaps, in den er in einem früheren Sommer Kräuter eingelegt hat, träufelt jeweils wenige Schlucke auf einen großen Löffel und befiehlt uns, nacheinander die Augen zu schließen, den Mund zu öffnen, die Brust hinauszustrecken, die Arschbacken zusammenzuzwicken und hinunterzuschlucken. Wir machen alles in dieser Reihenfolge, danach schüttelt es mich, mein Hals brennt, und die Hitze steigt vom Magen ins Gesicht. Dasselbe geschieht beim Bruder. Ach, sein roter Kopf!

Zuerst, sagt der Großvater und betont dabei jedes Wort, gibt es Hühnerbrühe, davon wird euch warm, danach gibt es Huhn, japanisch gebraten, davon werdet ihr gesund, und zum Schluss, davon werdet ihr glücklich und froh: gibt es in Honig gewendete Hühnerkrallen.

Der Bruder und ich blicken den Großvater mit vier großen Augen an. Haha, lacht der jetzt und zwinkert uns mit einem Auge zu, kleiner Scherz für die Schwächlinge unter uns! Ja, schaut mich nicht so ungläubig an: Wen meine ich damit? Ich geb euch einen Tipp: Sie reichen mir bis zum Bauch, und dort, wo sie oben enden, leuchten sie knallrot? Exakt, ihr seid gemeint, meine Enkelkinder, und euch zu Ehren gibt es zum Nachtisch weiche Eier!

Und weil sich jedes Essen irgendwann von selbst kocht, setzt sich der Großvater später zu uns und liest uns noch einmal vor, was die Eltern auf der Karte des heutigen Tages geschrieben haben. Und was er sagt, klingt anders als das, was er beim ersten Mal bereits vorgelesen hat. Er verschweigt uns diesmal, was ihm zuwiderläuft, und windet sich beim Sprechen, macht die Stimme hoch, streckt die Zunge aus dem Mund und rollt die Augen. Diese Memmen, schreit er, mein Sohn kann unmöglich die Frucht meiner Lenden sein!

Nachdem wir aber nach Erhalt jeder Karte immer die Buchstaben abzählen, die wir kennen, können wir uns jeweils zusammenreimen, was uns die Großeltern vorenthalten. Ich sage zum Großvater, dass wir schon fast alles selbst lesen können. Das macht den Großvater noch wütender, er schreit: Lernt lieber schießen!

Wir aber wollen nicht schießen lernen, sondern fliegen. Für den Großvater gehört das zusammen. Hätte man sich mal besser in die Weltgeschichte eingemischt, sagt er, hätte man wenigstens schießen gelernt. Aber Großvater, sagen wir, vielleicht hättest du nicht nur schießen gelernt, sondern wärest auch erschossen worden. Papperlapapp, schreit der Großvater, der Größte, Dunkelste und Tapferste wird nicht erschossen, alte Heldenregel, steht in jedem Buch.

So sitzen der Bruder und ich am Kamin, und es mischen sich die unterschiedlichsten Ratschläge von unterschiedlichsten Menschen zu unterschiedlichsten Handlungsanweisungen. Und wir zählen sie einander auf: Arbeitet! Ruht! Esst! Bleibt leicht fürs Fliegen! Bleibt beisammen! Kommt doch nicht immer im Doppelpack!

Und wir hören förmlich den Großvater, wie er einmal zu uns gesagt hat: Lauft hinaus in den Regen, damit eure Haare wachsen. Und dann sehen wir die Karte der reisenden Eltern, auf der sie geschrieben haben: Regen bringt Segen, aber nur der Wiese und den Vögeln, also bleibt im Haus.

Somit haben der Bruder und ich damals bei Regen auf die Intelligenz und Erfahrung der Vögel gesetzt. Beim letzten Gewitter sind wir schon von den ersten Tropfen an regungslos in unserer vollen Fliegermontur neben dem Fasan im Feld gestanden bis zum Ende des großen Gusses. Danach haben wir uns nach seinem Vorbild geschüttelt und sind noch ein paarmal eine Ackerfurche auf und ab spaziert. Es ist ein milder Sommerabend gewesen, und der Bruder und ich sind bis zum Abendessen wieder trocken gewesen.

So erzählen der Bruder und ich es uns am Kamin und wir sagen, heute war der Tag, an dem uns die Großmutter vor einem großen Vogel gerettet und an dem der Großvater unseren kleinen Vogel gebraten hat, und bald, sagen wir weiter, werden wir die besten Flieger des Landes sein.

Bald werden wir zu mir nach Hause fliegen können, sagt der junge Großvater zur Japanerin und zeichnet die Kontinente mit einem Zweig in den Boden. Dazwischen markiert er mögliche Flugstrecken und Etappenziele, außerdem Luftströme, Winde und Wirbel, manches sehr detailreich, manches sehr ungefähr. Nachdem er viel Staub aufgewirbelt hat, rahmt er seine Karte mit einem großen V und zwei Hälften eines horizontal geschlitzten O. Ja, es ist ein Herz, in dessen Zeichen dieser Rückflug angetreten werden wird, sagt er zur Japanerin, deren dunkle Augen leuchten.

Sie steht auf und holt unter dem Sitz ihres Flugzeugs mit eleganter Geste eine gefaltete Weltkarte hervor, gedruckt auf leichtestem Papier. Sie breitet die Karte über die Bodenzeichnung des Großvaters und fährt mit ihrem Finger mehrere Strecken ab: Gewisse Zonen müssen umflogen werden, außerdem ist nicht gesichert, ob an jedem planmäßigen Landungspunkt mit Treibstoffnachschub gerechnet werden kann, und ein zusätzlicher Risikofaktor sind die notdürftig geflickten Schadstellen an ihrem Flugzeug. Zwei Menschen in zwei Einsitzern, seufzt der Großvater und spricht weiter: Ich benötige noch wenige Tage für die letzten Arbeiten, und dann gilt es, ein Wetterhoch abzuwarten und Tee zu trinken, Alkohol ist ja aus. Die Japanerin lacht und facht das Feuer noch einmal an. Wasser kocht in der kleinen Kasserolle. Der Großvater nimmt die Landkarte der Japanerin auf seinen Schoß und zeichnet ihr genau auf, wo sich sein Land befindet und wo sein Hof. Und er zeichnet, was er gedenkt zu erweitern und auszubauen. Er zeichnet die Wege, die die Japanerin und er gemeinsam gehen werden, und da wird Schatten sein, sagt er, wo wir kurz stehen bleiben werden, ich werde den Arm um deine Schultern legen, du wirst die flache Hand wie einen Schild an deine Stirn halten und ins Weite sehen. Ich werde dir mit dem Finger den Horizont entlang die Namen der Berggipfel aufzählen. Du wirst sie dir nicht merken, und ich werde sie dir immer wieder neu aufsagen. Wir werden dann, wenn es langsam dämmert, wieder zu unserem Anwesen zurückspazieren, Hand in Hand, und dort in der Ferne die weißen und schwarzen Tupfen schon als unsere Tiere erkennen. Wir werden unseren spielenden Kindern, wenn wir welche haben, schon von da aus zuwinken, und du wirst dich aus meiner Hand lösen und loslaufen, um die beiden, oder wie viele oder wie wenige es auch sein werden, vielleicht auch keine, wieder in die Arme zu nehmen. Die Japanerin schenkt dem Großvater Tee ein und streicht mit ihrer Hand über die seine.

Mit dem Daumen und dem kleinen Finger ihrer rechten Hand misst die Fliegerin, während sie darüberfliegt, den Abstand zweier Höfe voneinander. Vielleicht zwei Stunden Wegzeit vom einen bis zum nächsten Nachbarn, überlegt sie weiter, es muss ja ein schweigsames Leben sein, das diese Menschen führen. Dafür haben sie einen schönen Himmel, weiß, hellgelb und veilchenblau.

Die Vögel, wenn sie ihnen jetzt zusieht, wirken manchmal fast unbewegt beim Fliegen, als würden sie sich in den Luftstrom werfen und einfach in der Böe halten. Man kennt das ja, sagt die Fliegerin, wenn der Wind sehr stark bläst, kann man kaum selbst atmen. Sie zieht sich das Tuch über den Mund und prüft den Sitz ihrer Brille: Noch immer so grün in dieser Gegend, aber auch ein violettes Feld dort unten und ein schreiend gelbes, das eine gute Ernte verspricht. Die Fliegerin fliegt nun tiefer, und weiter unten bellt ein Hund, und bei ihm liegt eine gefleckte Katze. In einem Obstgarten auf demselben Grund sitzen nun doch zwei Menschen, unterhalten sich und trinken weißen Wein oder Apfelmost. Wieso, fragt sich die Fliegerin, gibt es alle diese Zwiefachen? Sogar die Bäume scheinen auf irgendeine Art paarweise zu stehen neben dem Weg.

Dass der Bruder und ich zwei sind, schadet manchmal. Wenn wir beispielsweise von den Nachbarn der Groß- eltern Süßes geschenkt bekommen: es muss abgezählt und geteilt werden. Haben wir es mit einer ungeraden Anzahl zu tun, feilschen wir lange um das letzte Stück. Dann bietet der eine zwei kleine Stücke für ein großes, aber der andere beruft sich auf den letzten Fall, in wel- chem er zu kurz gekommen sei. Sind wir endlich über- eingekommen, verschlingen wir unsere Beute, denn was übrigbleibt, muss erst wieder der Mühsal des Teilens zugeführt werden.

Meistens aber ist es zum Vorteil eines jeden von uns, dass wir zwei sind. Bei den Flugstunden mit dem Großvater ist es immer ein Glück.

Einmal ist der Großvater mit dem Kopf voran in einem Busch gelandet, hat um sich geschlagen und geschrien. Einer allein hätte ihn dort durch schlichten Einsatz von Muskelkraft nicht wieder herausgezogen. Und als er danach erklärt hat, wir zwei seien schuld an seinem Missgeschick, zudem hätten wir ihn schlecht gerettet, sodass er die größeren Verletzungen nicht vom Sturz, sondern erst von unserer Hilfeleistung davongetragen habe, ja, dann ist es gut, Schimpf und Schande auf zwei Kappen zu nehmen und die Last zu teilen.

Nichtsdestotrotz ist der Lernfortschritt während unserer Flugstunden groß. Der Bruder und ich knobeln uns vor jeder Einheit aus, wer die Aufmerksamkeit des Großvaters auf sich lenkt, und wer sich in der Zwischenzeit unbeobachtet der Betrachtung von eigentlicher Fachlektüre widmet: Wer des Großvaters Ratschläge anhört, seine Handgriffe nachstellt, seine Turnübungen mitvollführt, und wer inzwischen die nächsten Abbildungen im Pilotenhandbuch studiert. Wer des Großvaters Merksätze mitspricht, wer seine Fliegerlieder summt, wer es den Vögeln gleichtut bei Wind und Wetter, und wer inzwischen versucht, aus An- und Auftrieb eine Fluggeschwindigkeit zu errechnen.

Manchmal wählt der Großvater einen von uns aus, um während der Exerzitien eines seiner Fliegerabzeichen zu tragen. Ein jeder von uns tut dies mit Stolz, auch nachdem die Großmutter diese schon einmal entsorgt gehabt hat, sodass wir die in Gärsaft getränkten Reste kopfvoran aus einer Tonne Fallobst geangelt haben, in die uns der Großvater an den Füßen hinabgelassen hat. Ausgezeichneten Schnaps, hat der Großvater gesagt, brennt man am besten sortenrein. Wofür, haben wir den Großvater gefragt, hat man dir die Abzeichen verliehen? Für meinen Beitrag zum Weltfrieden, hat der Großvater geantwortet. Für seinen Beitrag zum Florieren des Altwarenhandels, hat die Großmutter erwidert. Der Bruder und ich sind sehr beeindruckt. Unser Großvater, ein Mann von Welt!

Wer die Schönwetterfliegerei beherrschen will, sagt der Großvater, muss lernen, Unwetter zu überstehen. Wer möchte anfangen? Der Bruder und ich haben beschlossen, vorsichtiger zu sein ob des Großvaters Lehrmethoden. Wir schieben einander gegenseitig vor, wechseln so etliche Male die Position, bis der Großvater, der meint, wir balgen uns freudig um das Recht des ersten Flugs, seine starke Hand nach vor schnellen lässt, den Bruder ergreift und ihn am Haarschopf aus dem Gerangel fischt. Ich ziehe mich eilends zurück unter den nächsten Baum, lege mich ins Gras und beginne mit dem ersten von drei dicken, dunkelgrün gebundenen Bänden voller Abbildungen: Zur Aviatik.

Inzwischen lässt der Bruder das Trainingsprogramm des Großvaters über sich ergehen. Unter Schichten von Kleidung und technischer Apparatur blinzelt er hervor, hüpft, fällt, rappelt sich wieder auf, läuft weiter. Kreist die Arme, dreht stolpernd seine Runden von den Beeten zu den Hügeln und zurück. Jedesmal, wenn er am Großvater vorbeikommt, der fix Stellung bezogen hat, lässt er dessen Schikanen über sich ergehen: Gewitterduschen aus Wassereimern, Gegenwind aus Blasebälgen, Kieselsteinschlag, Nebel aus Bettlaken und Nacht aus noch mehr Bettlaken. Der Bruder hält das alles selbstverständlich durch, um ein guter Flieger zu werden. Der Großvater brüllt Befehle durchs Megaphon, singt, raucht. Er wirft sich zu Boden, und er springt auf, wenn der Bruder vorbeiläuft. Er lacht, und er weint, und er ist am Ende wie der Bruder voll mit Erde, Rotz und Wasser. Ein Anblick!, rufe ich.

Ein Ausblick!, sagen die Augen der Japanerin zum jungen Großvater, und er liest darin ein Ja, das ihn so froh stimmt, dass er sein Herz jetzt deutlich an der Stelle pochen spürt, wo seine Brandwunde zu nässen beginnt. Er nimmt einen Schluck Tee, der nach Wiese schmeckt, und bedeutet der Japanerin mit den Gesten eines Sternekochs, dass die Wiesen auf seinem Anwesen in seinem Land noch besser duften. Dass er gedenkt, nicht hier ins Gras zu beißen, sondern eben dort mit der Japanerin zu leben und die Früchte gemeinsamer Freude und Anstrengung zu ernten. Er sagt, Kirschen und Melonen wachsen bei uns, obwohl wir in einer Gegend wohnen, wo unmittelbar hinter den Hügeln schon das Gebirge beginnt. Und von dort oben schaut im Winter wie im Sommer der Schnee herunter. Und wir schauen zu ihm hinauf, denn er lässt tagsüber die Sonne und nachts den Mond heller strahlen, weshalb die Früchte besser wachsen und die Menschen sie rascher ernten. Und was wir nicht essen können, verkochen wir zu Marmelade, vergären wir zu Schnaps oder füttern es den Tieren. Wir haben die Fülle, und du, meine Japanerin, hast den Feinsinn. Gemeinsam werden wir unser Glück verdoppeln.

Und zwei mal zwei und weiter fliegt die Fliegerin eine Reihe von Bäumen ab, die einen Weg säumen, der in einen Wald führt. Von oben sehen seine Fichten und Tannen aus wie verschieden grünfarbige Moose, die wiederum, fast in ihrem Zentrum, ein Wasserloch bergen, einen kleinen See, der wohl tief ist, dunkelblau und zu den Ufern hin schwarz, wo sich die Ränder des Waldes im Wasser spiegeln. Die Mitte des Sees ist von oben nicht einsehbar, eine kleine Nebelwolke steht dort, und ein paar hier ausgerissene weiße Flecken liegen weiter entfernt über den Bäumen.

Hinter diesem Wald setzen Äcker und Wiesen an, grün, manche sandig-braun und blass. Die Felder sind gepflügt, weiß, fahl, fast gräulich, einzelne hellbraun mit blaugrünen Pflugspuren: wie ausgemessen, längs und, seltener, quer.

Am frühen Abend liegt Dunst über den Tälern, dunkel lugen daraus die einzelnen Hügelgruppen vor. Gelbbraun und blau gestreift sind am Himmel die Farben der sinkenden Sonne, der die Vögel entgegenfliegen, sich schwarz dagegen abhebend.

Es wird bald dunkel, aber der Großvater ist noch hellwach. Solange wir den Himmel sehen, sagt er, sehen wir noch Wolken. Piloten, legt euch zu mir und lest mir die Zukunft! Quellwolken, sagt also der Bruder in einer Art von Singsang, die mittelhoch stehen und sich gegen Abend nicht auflösen. Großmutters Schürze, die schwachen Westwind anzeigt, sage ich, und drittens, sagt der Bruder, Kondensstreifen am Himmel, die ausflocken und mehrfach unterbrochen sind. Sprich?, schreit der Großvater durchs Megaphon in den Himmel hinauf, sprich, sagen wir und schnellen dabei gleichzeitig in Sitzposition: Es wird Regen geben. Ge-nau, ruft der Großvater, als wäre er der Dirigent eines Orchesters und würde seinen Musikern den Takt vorzählen, es wird Regen geben, und zwar genau in: acht-sieben-sechs, und wir stimmen mit ein und zählen zu dritt bis drei-zwei-eins-und: platsch!, landet der erste dicke Regentropfen auf der Nase des Großvaters, der juchzend aufspringt und schreit: Feierabend!

Feierabend, ruft die Fliegerin den Vögeln zu und setzt zu einem abrupten und steilen Landemanöver an. Schon schlägt sie mit den Rädern ihres Fluggeräts am Rollfeld auf, holpernd, bremst ruckartig ab und kommt in einer Wolke aus Staub zu stehen. Nacheinander schlagen am Boden auch die Vögel auf, kleben fest für einen Schreckmoment, finden sogleich auf die Beine und torkeln so, aufgeregt schnatternd, ein paar patschende Schritte, bis sie sich beruhigt haben und zielsicher ihren nächsten Verschlag für die Nacht anvisieren. Klack-klack, sagt die Fliegerin und wischt sich mit dem Handrücken Staub und Schweiß von der Stirn, auch gut, wieder einmal seine zweihundert Knochen zu spüren.

Und ein nächstes Rollfeldbesitzerpaar steht schon an der Haustür seines stattlichen Anwesens, mit ihnen eine Schar von Freunden und Verwandten, die sich

darum balgen, die Fliegerin zu begrüßen, das Fluggerät zu inspizieren, die Vögel zu füttern, eine Feder
zu ergattern, Fotos zu schießen. Die Fliegerin spielt
mit und duckt sich zu den Vögeln, posiert mit Flieger-
brille am Kopf und Tuch überm Mund, den Sieger-
daumen in die Kamera gestreckt. Noch im Verschlag
wird eine Flasche geöffnet, wird einander zugeprostet
auf die Unternehmung der Fliegerin und ihrer Vögel,
dazwischen ruft einer: Gruppenfoto!, und schon werfen sich die einen ins Stroh, setzen und stellen sich die
übrigen dahinter in Reihen auf, legt sich in die Mitte
der Länge nach ein hübsches Mädchen, eine Feder ins
Haar gesteckt. Der Fotograf ruft Lustiges über die Familie, die Ortschaft, die Fliegerin und die Vögel. Es
werden Posen und Sitzplätze gewechselt, die Witze des
Fotografen noch lustiger, die Gesten der Fotografier-
ten noch einfallsreicher. Danach verabschieden sich
alle bis auf das Rollfeldbesitzerpaar, sprechen Einladungen aus und geben der Fliegerin gute Wünsche mit
auf die Flugroute, verschwinden dann, zu Fuß oder in
einem gemeinsam angemieteten Bus, mit lachendem
Winken ins Dunkel des spät gewordenen Abends.
Die Gastgeber sind liebe Menschen, die gut kochen,
viel auftischen und noch mehr trinken. Sie stellen Fra-

gen über den bisherigen Verlauf der Reise und den Zug der Vögel, warten jedoch die Antworten der Fliegerin nicht ab, sondern beantworten sie sich selbst, indem sie sagen: Ich stelle mir vor, das wird so und so für Sie gewesen sein. Die Fliegerin gibt nach vergeblichen Anläufen die Bemühung auf, diese Vorstellungen zu bestätigen oder zu korrigieren. Sie genießt, von den beiden Gastgebern bald vergessen, müde und zufrieden ihr Abendessen und fällt noch am Tisch in einen Schlaf, aus dem sie zu späterer Stunde einmal kurz erwacht, als sie vom Rollfeldbesitzer und seiner Frau an Händen und Füßen ins Bett getragen wird.

Am nächsten Morgen erwacht die Fliegerin in ihrer vollen Montur inmitten von weißen Kissen, während die beiden Gastgeber die Nacht auf Notbetten im Vorzimmer verbracht haben. Gut geschlafen?, fragt die Frau des Rollfeldbesitzers, die im knappen Nachthemd und in großen Wollsocken in der Küche steht und schwarzen Kaffee braut. Ach, ich bin mir sicher, Sie haben geschlafen wie ein sattes Kind, spricht sie weiter, noch bevor sich die Fliegerin den Sand aus den Augen gerieben hat. Besser hätten Sie in diesem Hemd geschlafen, das ich bestickt habe, extra für Sie mit ihrem Namen und denen der Vögel, aber wir wollten Sie nicht wecken oder eigenmächtig umkleiden. Das gesagt, zwinkert die Rollfeldbesitzerin der Fliegerin zu und streckt ihr die Kaffeetasse entgegen. Die Fliegerin nimmt einen kräftigen Schluck, wirft einen Blick auf den gedeckten Frühstückstisch, der von einem Meer aus weißen, zu Vögeln gefalteten Servietten überschäumt, verabschiedet sich jetzt knapp und flüchtet raschen Schrittes ins Freie. So um ihre Dusche gebracht, leuchtet bloß ihre weiße Stirn aus dem noch vom Vortag staubigen Gesicht den Vögeln entgegen, die kaum mehr am Boden zu halten sind: Auf in den klaren, sonnigen Himmel!

Und der Himmel, sagt der junge Großvater zur Japanerin, ist in unserer Gegend blau wie die Seen, und das Gras ist im Sommer grün und im Winter gelb und bedeckt von weißem Schnee. Und manchmal hat der Schnee kohlschwarze Augen, das kommt daher, dass dort Rinder stehen mit weißem, zotteligen Fell, das sich erst für den geübten Blick absetzt von der Winterlandschaft. Und die Seen, wenn auch sie verschneit sind, sind weiß mit dunklen Spuren darin von Mensch und Tier, und wenn sie unverschneit vereist sind, dann dunkel mit weißen Linienzeichnungen der Eisläufer darauf.

Jeder fünfte Tag ist ein Nebeltag, das ist nötig, weil sonst die Menschen in meiner Gegend nicht zum Nachdenken kommen. Dafür ist der Tag nach dem Nebeltag immer der klarste und strahlendste innerhalb dieser Abfolge: der Tag, an dem die Familien ihre Ausflüge machen und die Piloten das Fliegen lernen. Der ganze Landstrich ist unterwegs, und es ist schön, jemandem nach unten oder nach oben hin winken zu können. Jeden fünften Monat aber gibt es einen Menschen, der es übertreiben muss: der zuerst beidhändig vom Himmel herunterwinkt und dann gegen eine Wolke kracht. Schon regnet es der Familie, die unten singt und wandert, in die nach oben gerichteten offenen Münder. In denen sich wiederum die Sonne spiegelt, was den freihändig fliegenden Piloten blendet, der also abstürzt vor den Augen der Familie, deren Kinder sich vor Schreck am Regenwasser verschlucken und so weiter.

Der Großvater möchte der Japanerin vom Anfang ihres gemeinsamen Lebens an auch dessen Schattenseiten nicht verschweigen. Gleichzeitig, und hier weiß der Großvater, dass die Vernunft nicht dem Anliegen seines Herzens widerspricht, bleiben diese ja überschaubar, und indem der Großvater den Schatten benennt, soll die Japanerin erst recht sehen, wie sehr im Kontrast die Sonne strahlt. Auch wird die Japanerin, davon ist der Großvater überzeugt, seine Bilder von Sonne und Schatten verstehen, nachdem sie doch, mehr als er, die Welt und ihre Wetter gesehen hat.

So, sagt der Großvater zum Bruder und mir, wer weiß, wie lang ich noch lebe, besser, ich verrate euch beizeiten meine These von Welt und Leben. Haltet sie hoch und denkt immer daran, denn ich habe sie mir mühsam erarbeitet. Was eure Eltern auf den Karten schreiben, bringt euch nicht durchs Leben. Wann immer ihr in Not geratet, behelft euch mit meinen Merksätzen. Also, notiert jetzt, soweit ihr die Schrift beherrscht, Folgendes und ergänzt den Rest durch Bilder.

Der Bruder und ich knien am Boden und bemalen ein großes Blatt Papier. Erstens, sagt der Großvater laut und streng: Die Welt besteht aus Mensch und Tier. Sie teilen sich das Leben. Unterpunkt: Es gibt von beiden Arten jeweils große und kleine, worunter es wiederum jeweils gute und böse gibt. Ich sage euch ein Beispiel, das ihr nicht notieren müsst: Es kann einen großen, bösen Vogel geben, was aber nicht heißt, dass der kleine gut ist und umgekehrt. An beide sollt ihr zweitens, und das schreibt ihr wieder mit, nicht letztgültig euer Herz hängen. Hoffen und Erinnern, drittens, gehören zum Leben, es besteht aber zu größten Teilen aus dem Sein. Hier macht ihr einen Unterpunkt: Das Sein besteht aus Essen, Schlafen, Trinken und Fliegen. Alles andere folgt daraus.

Der Bruder und ich notieren alles, so gut es uns möglich ist. Der Großvater lässt sich für jede These Zeit und weist ihr den rechten Platz auf unserem Plakat. Er sagt uns, welche Farbe wir für welche Ordnung verwenden sollen. Seine Stimme ist feierlich, und wir wagen kaum zu atmen. Glück, Liebe, Zweifel und Kampf sollen wir in Form von Pfeilen, die in die vier Himmelsrichtungen zeigen, über das gesamte Modell legen. Das sind, sagt der Großvater, Zugkräfte in die eine oder andere Richtung, die auf unser Handeln einwirken. Danach lässt er uns freie Hand über die weitere Gestaltung.

Der Bruder und ich holen Fotoalben, Briefmarken, Schere und Klebstoff und beginnen, ein großes Bild von der Welt zu schaffen: Die Großmutter sitzt als junge Frau im Hochzeitskleid auf dem Pfeil Liebe und fliegt so durch den Weltraum, den wir dunkel hinterlegt und mit goldenen Planeten aus Weihnachtskugeln schmücken. Das Kleid der Großmutter haben wir teilweise überklebt mit Briefmarken aus aller Herren Länder, geschnitten in feine Streifen. Sie wird sich freuen, sagt der Bruder mit leuchtenden Augen, dass ihr Kleid das schönste ist. Vom Pfeil Glück her trifft ein überdimensionaler Röntgenstrahl auf den Bauch der Großmutter, sodass man darin erleuchtet das Kuckucksei sieht, in dem aber wiederum unser vom Großvater getötetes Lieblingshuhn zur Wiedergeburt heranreift. Auf dem Pfeil Kampf sitzt der Großvater wie auf einer Rakete. Wir haben ihn ebenso aus dem Hochzeitsfoto der Großeltern geschnitten, und er sieht darauf wirklich sehr tapfer aus. Auf seine Jacke haben wir Abzeichen geklebt, die wir in Zeitungsausschnitten über große Herrscher und auf Plattencovern gefunden haben. Dann streiten wir uns, weil der Bruder darauf besteht, Vogelflügel an die Rakete des Großvaters zu kleben, weil sonst etwas fehlt. Ich finde nicht, dass sie dort hingehören, bedinge mir dafür aber aus, der Großmutter einen Wecker in den Bauch zu kleben, um die Zeit bis zur Wiedergeburt unseres Lieblingshuhns darzustellen. Den Pfeil Zweifel lassen wir aus, weil wir nicht sicher sind, was wir hier zeichnen sollen. Schließlich kleben wir noch uns beide an die rechte und die linke Seite des Plakats: Wir flankieren übergroß das Weltmodell. Da wir von uns beiden nur Fotos vom letzten Sommer haben, ergänzen wir noch je einen Zentimeter an den Beinen.

Die heute eingetroffene Postkarte der Eltern zeigt eine Igelfigur, die uns mit einem Glas Wein zuprostet. Wir schneiden den Igel aus und kleben ihn mit seinem Wein zu einem Sternennebel, der neben dem Röntgenstrahl das Universum erstrahlen lässt. Dann malen wir noch einen roten Strom, der sich aus dem Mund und zwischen den Beinen des Igels hervor zum Wort Trinken hin ergießt. Zum Essen kleben wir die Hochzeitstorte der Großeltern, die jetzt ohnehin verwertet werden muss.

Aus der Torte springen unsere beiden Eltern, von denen es keine brauchbaren Fotos gibt, sodass wir sie ersetzen durch das Bild einer dunkelhäutigen Tänzerin mit Bananen um die Hüften und durch das jugendliche Antlitz eines feschen Freundes der Großeltern, den wir aus einem Ausflugsfoto schneiden. Darunter hat die Großmutter einmal geschrieben: Hurtig voran! Mit frechem Jungspund auf Sommerfrische!

Über die beiden Köpfe schreiben wir noch zwei Wörter, die wir schon buchstabieren können: Mutter und Vater.

Dann ziehen wir vom Vater weg Linien zu Großmutter und Großvater, und weil für die Mutter zusätzlich keiner mehr Platz hat auf dem Plakat, ziehen wir ihre Linien zu den goldenen Weihnachtsplaneten hin und zum Pfeil Zweifel. Dann ziehen wir vom Bruder und mir weg Linien zu allem hin, was auf dem Plakat vorkommt. Wo Lücken geblieben sind, kleben wir ein, was uns gefällt: die Weltraumhündin, die Frisur der Präsidentengattin, alle Käfer und Pilze aus unserem Lexikon. Den Körper eines Menschen, der zur Hälfte als Skelett dargestellt ist, kleben wir unten an den Kopf des frechen Jungspunds, damit unser Vater ein ganzer Mann ist. Zum Schluss tunken wir unsere Daumen in Tinte, drücken sie aufs Papier und schreiben darunter zwei Schnörkel, die unsere Unterschriften sind. Dann hängen wir das fertige Plakat von der These von Welt und Leben in die Küche.

Die Fliegerin fliegt zwischen Himmel und Welt, ungewaschen und hungrig. Der Morgen, noch warm und sonnig, wird zu einem kühlen Mittag. Nebel zieht auf, und bald ist es nötig, einen Landeplatz zu finden. Die Gegend ist mäßig besiedelt. Die Fliegerin steuert einen Sportplatz an, der in ein unverbautes Stück Wiese übergeht, wo sie mit ihren Vögeln landet.

Schon von oben hat sie eine Gruppe Kinder auf den Sportplatz zulaufen sehen, die jetzt freudig und aufgeregt vor ihr stehen und die Vögel bewundern, und mehr noch: das Fluggerät. Für Minuten halten sie Abstand, bis eines der kleineren Kinder vortritt, auf die Fliegerin zugeht und sie mit dem Zeigefinger anstupst. Die Fliegerin schaut und die Kinder schauen, sie sind ruhig und verharren allesamt in ihrer Stellung, nichts passiert. In diese Stille hinein sagt endlich die Fliegerin: Gibt's hier was zu essen? Da stürmen die Kinder, wie von einem Bannspruch erlöst, auf die Vögel zu, wollen sie drücken und streicheln, greifen nach ihren Patschfüßen, halten die Hände unter ihre Schnäbel, als seien Körner darin. Sie laufen zum Fluggerät, umfassen es von außen, greifen nach innen zu den Schaltern und Zählern, setzen sich nacheinander auf den Sitz, und ihre kleinen Stimmen brummen tief wie Motoren. Die Fliegerin liegt im Gras, den Kopf an das Fluggerät gelehnt, und sieht zu, wie der Nebel zuerst dichter wird, sich später auflöst, bis die Sonne sich wieder zeigt.

Zwei der Kinder laufen fort und kommen zurück mit einem Sack, gefüllt mit Brot und Wurst. Noch einmal laufen zwei und holen Obst und Wasser. Ein Kind, das eine rote Mütze trägt, kommt mit einer Flasche Wein. Die Fliegerin schneidet das Obst in Spalten und reicht diese an der Messerspitze den Kindern. Dann isst sie selbst, während die Kinder fragen, wie die Vögel heißen, wie das Fliegen und was das Ziel der Unternehmung ist. Die Fliegerin erklärt alles, so gut sie es sagen kann, und die Kinder hören zu. Manchmal stellt eines zwischendrin eine Frage, doch die meiste Zeit sind sie still und richten ihre Augen auf die Fliegerin. So vergeht der Nachmittag, hin und wieder schläft eines der Kinder ein für kurze Zeit, die Fliegerin trinkt den Wein und denkt nun nicht mehr an Aufbruch, während es langsam zu dämmern beginnt und der Abend eine laue Nacht verspricht. Ein wilder Haufen sind wir da, denkt sie, im kurzen Gras des Sportplatzes: das Fluggerät, die Vögel, die Kinder, zusammen einen losen Kreis bildend. Dann schläft die Fliegerin selbst ein, wird aber bald darauf geweckt, als eine Frau auf die Gruppe zusteuert und nach ihrem Kind ruft. Das Kind läuft ihr entgegen, erzählt von den Vögeln und vom Fliegen, sein Mund ist verschmiert vom Essen und seine Kleidung vom Liegen verdrückt. Die Mutter fasst es am Arm, wirft der Fliegerin einen ernsten Blick zu und nimmt das Kind mit sich. Wenig

Zeit vergeht, bis ein Elternpaar kommt, das zwei Geschwisterkinder abholt, dann noch ein Vater, dann noch einer, der sich als der Bürgermeister der Ortschaft vorstellt. Er fragt die Fliegerin nach Genehmigungen und Ausweisen. Alles ist sehr kompliziert, bis die Fliegerin, während ein verbliebenes Kind auf die Vögel achtgibt, ins Gemeindeamt mitkommt, wo sie Formulare ausfüllt und dem Bürgermeister verspricht, ihm am nächsten Morgen vor ihrem Fluggerät für ein Foto in der Lokalzeitung die Hand zu schütteln. Dafür sei sie eingeladen, die Nacht als Gast in seinem Haus zu verbringen. Die Vögel würden im Geräteschuppen im Garten Platz finden.

Das auf dem Sportplatz verbliebene Kind ist das Kind des Bürgermeisters, das er, wie er sagt, allein großzieht. Es hilft der Fliegerin noch, den Geräteschuppen mit Stroh auszulegen und den Vögeln Wasser zu bringen.

Beim Abendessen zeigt der Bürgermeister mit vielen Gesten, dass er ein Feinschmecker ist und der beste Freund seines Kindes. Nachdem er es danach ins Bett gebracht hat, weint er darüber, dass seine Frau ihn vor Jahren verlassen und auch seither sich keine mehr gefunden hat, die an seiner Seite feierlich Markthallen

97

eröffnen und dem Kind eine Mutter sein möchte. Dann hält er inne, blickt kurz auf und der Fliegerin tief in die Augen, hört zu weinen und zu sprechen auf. Aber die Fliegerin winkt sofort ab mit einer Handbewegung, woraufhin der Bürgermeister sich nicht mehr seinem Gast, sondern ausschließlich noch seiner Trauer widmet.

Am nächsten Morgen steht der Bürgermeister schon wieder mit der Schürze in der Küche. Die Fliegerin setzt sich zum Kind an den gedeckten Tisch und trinkt und isst. Danach wäscht sie sich, zieht den Helm bis in die Stirn, schüttelt dem Bürgermeister vor ihrem Fluggerät die Hand für das Foto in der Lokalzeitung und steigt bald darauf samt Vogelschar dem Himmel entgegen.

Samtig ist deine Haut, sagt der junge Großvater zur Japanerin, und seidig dein Kleid. Er streift es hoch über ihre Knie zu den Oberschenkeln bis zum Bauch. Er legt seine Wange an ihren Nabel und umarmt ihre Beine. Dann drückt er sein Gesicht in ihre Unterwäsche und kann sehen, dass ihre kleine Hose bemalt ist mit Darstellungen ihres Landes. Der Großvater sieht, dass auch bei ihr der Himmel blau ist wie die Seen, das Gras im Sommer grün, im Winter gelb und teils bedeckt von weißem Schnee. Nur die Vögel sehen anders aus, sie sind schwarz und weiß, sehr schlank und haben einen langen, schmalen Schnabel. Es gibt einen Berg, der hinter allem hervorragt, er ist rot und liegt an einem See, dessen Wellen blau sind und weiß. Die Japanerin, denkt der Großvater, wird nichts vermissen in meinem Land. Vögel gibt es bei mir auch, und einen Berg kann man notfalls rot streichen lassen. Schon sieht der Großvater in seinen Gedanken die Männer des Ortes, wie sie sich an einer Bergwand abseilen, Helme auf den Köpfen und Eimer an den Gürteln, und wie sie mit breiten Pinseln den Auftrag des Großvaters ausführen. Er sieht sich selbst unten stehen und den Fortschritt der Arbeit überwachen, und er hört sich sagen: Es ist ein Geschenk für meine Frau, die Japanerin!

Der Japanerin werden zuerst die Augen verbunden sein, und danach, wenn sie vor der Bergwand steht mit freier Sicht, wird in einem Festakt zur Einweihung derselben ein Band durchschnitten. Die Männer werden in ihrer prächtigen Tracht aufmarschieren und mit ihren Instrumenten den ganzen Nachmittag spielen bis in den Abend hinein. Die Frauen werden tanzen und die Japanerin mitten unter ihnen. Der Großvater wird grölen, dass er der glücklichste Mann ist, und als dieser wird er rufen: Die nächste Runde geht auf mich! Und er prostet den Leuten zu und setzt noch zum Trinken an, als er erwacht aus seinen Traumgedanken und die Lippen der Japanerin jetzt tatsächlich auf den seinen sind.

Und sie küssen und lieben sich zum dritten Mal so, dass der Großvater befürchtet, ab jetzt und für immer den Verstand verloren zu haben. Die beiden rollen durch die Wiese, einmal sie von stärkerer Kraft getrieben, dann wieder er. Und was ihnen in die Quere kommt, übersehen sie, manchmal einen Stein und manchmal ein kleines Tier, das aufschreit, jämmerlich. Aber es gibt kein Innehalten, bis nicht endlich beide einschlafen vor Erschöpfung.

Als sie nach Stunden erwachen, noch immer eng umschlungen, sehen sie ihre Spur durchs Feld gezogen, beginnend von der rechten Seite des Hügels hin zur linken und weiter hinunter nach rechts und wieder links, wo sie jetzt noch liegen. Der Großvater spricht, und die Japanerin deutet, und sie erzählen sich gegenseitig ihr Leben bis zu dem Zeitpunkt, an welchem sie einander begegnet sind.

Zeit wird's, sage ich zum Bruder, dass die Großeltern kommen und unser Plakat bewundern. Ja, Zeit wird's, antwortet er. Wir spielen noch einmal alle Spiele, die uns einfallen, und singen alle Lieder, die wir kennen. Dann sprechen wir wiederholend die Merksätze des Großvaters und verstärken die Aufhängung des Plakats durch Klebstoff, der gut an der Küchentapete haftet. Wir untersuchen, ob andere Dinge auch kleben bleiben, und wir sehen: Papier auf Papier ist ideal. Eine praktische Art, seine Morgenzeitung zu lesen, sage ich zum Bruder, während wir unsere Köpfe an den Kachelofen lehnen und die an der Zimmerdecke befestigte Titelseite des heutigen Tages zu entziffern versuchen. Auch in der Zeitung ist alles nach Großvaters Weltthese ausgerichtet, sagen wir, als endlich die Großmutter die Küche betrit und uns anblickt, dann das Plakat, die Zeitung an der Wand, die Tapete, das zerschnittene Hochzeitsfoto, die collagierten Briefmarken. Sie hält sich die gemusterte Schürze vors Gesicht und schreit.

Der Großvater kommt in die Küche, sieht jetzt auch den frechen Jungspund am Plakat kleben, schreit erst uns an und dann die Großmutter, der er eine zweifelhafte Liebe in jungen Jahren unterstellt. Daraufhin schreit die Großmutter noch lauter und bewirft den Großvater mit den Tellern, die noch vom letzten Essen auf dem Tisch gestanden sind. Der Großvater wirft die Scherben der Teller zurück. Wir sitzen am Ofen und sehen den beiden zu. Der Bruder zählt die Schnittwunden und Blutergüsse der Großeltern an seinen Fingern ab, linker Hand die Großmutter, rechter Hand der Großvater. So geht es hin und her, bis das Porzellan derart kleingeschlagen ist, dass es als Wurfgeschoß versagt. Der Bruder spielt jetzt lautstark den Punkterichter: Acht zu fünf, acht zu fünf! Da dreht sich die Großmutter zu uns und zeigt mit dem Finger auf unsere Köpfe: Du und du, sagt sie, ihr zwei!, dann blickt sie auf die Uhr: Drei Stunden Zeit, drei Stunden!

Drei Stunden Zeit und ein Haufen Scherben und Papier. Der Bruder und ich haben ziemlich viel zu tun. Ich glaub, sag ich, wir hängen das Plakat lieber in unser Zimmer. Der Bruder nickt wieder. Wir kehren und wischen, saugen und waschen. Die Porzellanscherben sammeln wir in einer kleinen Kiste zur Aufbewahrung. Das Hochzeitsfoto der Großeltern malen wir nach, so gut es uns als Ganzes in Erinnerung ist, und legen es zurück ins Album. Statt des Jungspunds zeichnen wir den Großvater zur Großmutter ins Ausflugsauto.

Pünktlich, als die drei Stunden um sind, betritt die Großmutter die Küche. Sie hat zwei Taschen voll Essen in Pappbechern dabei und deutet dem Bruder, damit den Tisch zu decken. Ich laufe in den Garten und finde bei den Vögeln den Großvater. Bald sitzen wir gemeinsam am Tisch, essen und sprechen übers Wetter und übers Fliegen.

Die Fliegerin fliegt mit den Vögeln über das Land und über das Leben, das die Menschen dort führen. Sie denkt daran, dass sie immer wieder landet und für eine kurze Dauer Teil einer Gemeinschaft ist. Wie sie dort einfach bleiben könnte als Frau eines Bürgermeisters. Wie sie zuerst noch die Fliegerin wäre, und wie später die Erinnerung ans Fliegen verblassen würde und nur noch selten hervorgekramt, vielleicht für Kinder und Enkelkinder, vielleicht bei einem Treffen mit alten Kollegen, die allesamt den Boden ihrer Dörfer nicht mehr Richtung Himmel verlassen hätten.

Jetzt fliegt die Fliegerin schneller, und die Kälte des Morgens kann ihr nichts anhaben. Die Gedanken an das Leben unten treiben mit dem Gegenwind an ihr vorbei und gehen schließlich weiter hinten verloren. Die Fliegerin atmet tief, die Vögel schlagen kräftig mit den Flügeln und geben das Tempo vor. Trotz ihrer Geschwindigkeit, denkt sie, sehen die Vögel ruhig aus, und ihre Schnäbel sind geformt, als wollten sie lächeln. Aus Zuversicht, oder weil euch der Wind durch die Nasenlöcher pfeift?

Und da wird in der Ferne der große See sichtbar, eine riesige Spiegelfläche, deren Ränder dunkel sind und ihre Mitte weiß. Die Fliegerin landet am Ufer, wo schon eine Gruppe von Menschen auf sie gewartet hat. Sie wird umarmt, befragt, beglückwünscht. Das Fluggerät wird kontrolliert, Treibstoff wird nachgefüllt. Das Rettungsboot startet. Ein Kameramann in einem zweiten Fluggerät wird die Fliegerin und ihre Vogelschar begleiten. Sie stecken sich die Funkgeräte an, testen den Kontakt, die Fliegerin sagt: Da bist du also, und sie hört die Stimme des Kameramannes krächzend durch ihre Kopfhörer: Da bin ich also, guten Flug. Dann startet die Fliegerin, dreht eine Schleife in der Luft, holt von oben anfliegend die unten wartenden Vögel ab, die allesamt mit ihr ziehen, und hernach, langsam und kaum hörbar, der Kameramann. Sie fliegen über die dunklen Ränder des Sees und werden bald geblendet von der Sonne, deren Strahlen vom Wasser zurückgeworfen werden. Das Rettungsboot

104

fährt unterhalb der fliegenden Truppe zur Sicherheit mit und zeichnet auf die Wasserfläche seine Spur. Das verlassene Ufer entfernt sich aus dem Blickfeld und das kommende ist noch nicht zu sehen. Langsam gleitet die kleine Gruppe dahin, getrieben von einem leichten, warmen Wind, die Horizontlinie zwischen Wasser und Luft kaum ausmachend. Dann tauchen im See unter ihnen kleine Inselgruppen auf, nur gerade so groß, dass darauf ausgestreckt ein Mensch liegen könnte. Vögel haben sich dort niedergelassen und steigen jetzt auf, sodass die Fliegerin Sorge hat, dass ihre Vögel von den anderen in ihrer Route abgelenkt würden oder zur Landung ansetzen könnten. Über Funk vereinbart sie mit dem Kameramann, dass er unterhalb der Formation und sie selbst oberhalb fliegen wird, um die Schar beisammenzuhalten. Der Kameramann ist gut im Fliegen und im Filmen, aber jetzt hört die Fliegerin in seiner Stimme die Anspannung. Er fliegt unten, und sie fliegt oben. Die Vögel zwischen ihnen bleiben ruhig und auf Kurs.

Die kleine Inselgruppe und die anderen Vögel lassen sie bald hinter sich, und langsam wird in der Ferne das andere Ufer des großen Sees sichtbar. Das Rettungsboot fährt unter ihnen. Der Kameramann gewinnt in seinem Fluggerät wieder an Höhe und fliegt neben der Fliegerin. Er lacht und deutet mit dem Daumen nach oben, sie nickt. Der See glänzt, und das gegenüberliegende Ufer rückt näher, die Farben seiner Landschaft werden kräftiger und bekommen Kontur. Der Kameramann wird langsamer und filmt so aus zunehmender Entfernung die Fliegerin inmitten der Vögel. Gutes Bild, ruft er durchs Mikro.

Die Fliegerin atmet auf und genießt das letzte Stück der Überquerung des großen Sees. Sie redet den Vögeln gut zu, lobt sie, zeigt aufs Ufer, wo schon Busse sichtbar sind und davor winzig klein die Menschen, die auf die Landung der Fliegenden warten. Bald hört sie das Klatschen der Wartenden und sieht deren freudiges Winken. Sie verliert an Höhe und hält auf das Ufer zu. Die Vögel quietschen und schnattern, werden schneller, fallen knapp vor den jubelnden Menschen steil ab und landen mitten unter ihnen. Gleich darauf trifft die Fliegerin ein und wenig später auch der Kameramann. Alle freuen sich, fotografieren, manche rufen die Namen der Vögel. Der Kameramann unterhält sich mit ein paar der Umstehenden und packt nebenbei seine Ausrüstung ein. Ein Ausschnitt der gedrehten Aufnahmen soll schon am nächsten Tag in den

Nachrichten gezeigt werden. Der Kameramann kommt auf die Fliegerin zu, umarmt sie und dankt ihr. Er flüstert: Bis zum nächsten Mal.

Zum dritten Mal also liegen der junge Großvater und die Japanerin umarmt im Gras, erschöpft, halb schläfrig, aber sie können doch nicht aufhören zu sprechen und zu deuten und fragen einander nach Dingen und Erinnerungen. Das Leben des Großvaters ist noch so jung und kurz, dass er es zur Gänze in einer Nacht erzählen kann. Die Japanerin summt ein Lied aus ihrem Land, und der Großvater summt seines. Sie bringen einander gegenseitig die Melodien bei und singen gemeinsam und singen dann gleichzeitig jeder die Melodie des anderen. An manchen Stellen greifen die Töne beider Lieder ineinander und bilden einen vibrierenden Klang, an anderen Stellen verstärken sie sich gegenseitig zu einem Sägen oder verstummen fast. Dann berichtet der Großvater, was ihm sonst noch als Kind wichtig gewesen ist, er zählt alles auf und achtet dabei auf Vollständigkeit, und er gesteht der Japanerin, dass er, auch als Jugendlicher, noch keinmal verliebt gewesen, eben bis zu jenem Zeitpunkt, an welchem er hier gelandet ist. Und die Japanerin erzählt, unterstützt von vielen kleinen, aber sich unterscheidenden Gesten, wie sie in ihrem Land gelebt hat bei ihren Eltern, wie sie ihre Pflanzen versorgt hat und ihre Tiere, wie ihr das Fliegen beigebracht worden ist und das Lesen und das Schreiben. Wie sie vor ihrem großen Abschied das erste Mal mit ihrem Vater Schnaps getrunken, und wie ihr die Mutter das Kleid genäht hat und in die Falten des Stoffes geheime Taschen.

Und sie erklärt dem jungen Großvater, dass ihre Eltern sie wohl nicht gerne mit ihm sehen, aber zum Dank für seine Dienste um ihre Tochter und deren Flugzeug ihn mit dem Leben davonkommen lassen würden. Sie sagt, mit einer Handbewegung zwischen Herz und Himmel, dass sie schon immer fort hat wollen, obwohl sie ihr Land liebt, dass sie aber vergessen hat, nachzudenken, was danach kommt. Dass sich ihr Kleid jetzt, beim Unterwegssein, als untauglich erweist und dass die Mutter, die es ihr auf den Leib geschneidert hat, eben selbst nie geflogen ist. Dass sie ihren Vater, nachdem er vor dem Abflug mit ihr, der Japanerin, ein fingerspitzenkleines Gläschen Schnaps getrunken hat, unten am Flugplatz noch lange hat stehen sehen, wie er sich, ohne sich von der Stelle zu bewegen, die ganze Flasche in den Rachen gekippt hat. Dass sie von den

Eltern gelernt hat, was sie ihr beibringen konnten, sie ihr aber seit der Entscheidung für den Abflug keine Hilfe mehr sein konnten. Dass sie das wohl alle drei wüssten, aber keiner den Mut gehabt hätte, es auszusprechen. Dass sie bis zur Verabschiedung mitsammen allerlei Verrenkungen angestellt hätten, um dieses Wissen vorm jeweils anderen zu verbergen. Dass die Japanerin sagen hätte müssen: Selbst die Fragen, die sich jetzt stellen, sind andere als jene, auf die ihr Antworten sucht. Und dass die Eltern ihr noch dies und jenes mit eingepackt gehabt haben, was sie gleich über dem Meer hat abwerfen müssen, um vom zusätzlichen Ballast nicht in Gefahr gebracht zu werden.

Und während der Großvater zusieht, wie ihm die Japanerin all dies mitzuteilen versucht, fällt ihm auf, wie sehr ihre Frisur gelitten hat seit seiner Ankunft. Und er nimmt sich vor, härter an der Reparatur ihres Flugzeugs zu arbeiten als bisher und rascher fertig zu werden für den Heimflug. Er streicht der Japanerin über die Stirn und sagt jetzt, seine Eltern wiederum wissen womöglich noch gar nicht, dass er fort ist, und haben auch keine Vorstellung davon, was das Fliegen ist. Aus seinem Land sind gleichzeitig so viele junge Leute aufgebrochen, dass der einzelne vielleicht nicht ins Gewicht fällt und dass mit ihnen auch nicht mehr gerechnet wird.

Dass er außerdem vor der Zeit sein Abschlusszeugnis von der Schule bekommen hat und in diese auch keinen Fuß mehr setzen wird. Dass er jetzt, mit den Erfahrungen des Fliegens, seine Lehrer von früher verachtet. Und er erzählt, dass in der Zwischenzeit ein Arbeiter seinen Hof führt, ein bald erwachsener Knabe, der sich mit seiner Schwester, noch fast ein Kind, durchschlagen hat müssen, bis er dem jungen Großvater begegnet ist und ihm seither gute Dienste leistet. Sodass er, der Großvater, nach seiner Rückkehr bald die Ernte einfahren wird und teilen mit der Japanerin.

Diese streift jetzt ihr Kleid wieder über, pflückt aus ihrem Haar Gräser und Blüten, die sich beim Rollen über die Wiese darin verfangen haben, zerreibt sie zwischen den Fingern und streut sie ins Wasser, das sie über der Feuerstelle in der kleinen Kasserolle zum Kochen gebracht hat. Ja, sagt der Großvater, während er am Tee nippt, so stell ich mir das vor.

So, Ende der Vorstellung, sagt der Großvater nach dem Abendessen zum Bruder und mir. Räumt ab, ich hab heute noch einiges zu tun. Er platziert einen Stapel ausgestanzter Etiketten vor sich auf den Tisch, setzt schon den Stift an und blickt angestrengt auf die vielen kleinen weißen Felder, die sich da unter seinen Augen ausbreiten. Der Bruder und ich schauen uns an. Los, los, sagt der Großvater noch, bereits mehr seine Arbeit beachtend als uns. Großvater, sagt der Bruder, wir wollen auch wieder einmal zu den Vögeln im Garten schauen und zu unserem Ei in der Schachtel und in unserem Zimmer in der Aviatik blättern. Wir haben deine Weltthese bebildert und nach deiner Schlacht mit der Großmutter drei Stunden lang die Küche aufgeräumt. Jetzt bist du dran. Der Großvater rührt sich nicht vom Fleck und sagt, wir sollen vorher einmal so alt werden wie er. Der Bruder und ich sagen, selbst wenn wir so alt werden, ist er dann schon wieder älter. Selbst wenn wir es wollten, gleichaltrig sein: es bliebe ein Ding der Unmöglichkeit. Eine Generation von Schwächlingen!, ruft der Großvater. Zudem, sagen wir dann, falls er einmal damit aufhöre, älter zu werden, könne er nicht mehr miterleben, wie wir so alt wären wie er. Wieso, fragt der Großvater, solle er jemals aufhören, älter zu werden? Naja, murmeln der Bruder und ich achselzuckend. Keiner möchte ihm jetzt sagen, dass auch er einmal sterben wird, also geben wir uns geschlagen und machen uns an die Arbeit.

Die Großmutter hat sich in ihr Zimmer zurückgezogen, der Großvater verziert Etiketten, und seine Zungenspitze sitzt dabei im rechten Mundwinkel. Dann hält er das Papier einen Meter entfernt, betrachtet sein Werk, legt den Kopf schief und lächelt. Eine selbstbewusste Handschrift, sagt er halb in unsere Richtung, prägt das Papier, auf dem man schreibt. Je fester man drückt, je mehr Löcher das reißt, desto stärker wird auch ein möglicher Leser einer Etikette beeindruckt sein. Ob er nicht ohnehin der einzige Leser seiner Grüße und Glückwünsche auf Schnapsflaschen und Marmeladengläsern ist, fragen wir den Großvater. Aber auf keinen Fall, sagt der Großvater, er schreibt ja nicht für seinen Bestand, sondern für den der wichtigsten Staatsmänner der ganzen Welt, wohin sein Schnaps und seine Marmelade exportiert werden. Und um den Beweis anzutreten, sagt er, er schreibt jetzt auf die nächste Etikette: Brombeermarmelade, haltbar zwei Jahre, für den Herrscher aus Übersee. Rundherum zeichnet er eine Girlande aus Brombeerblättern und Ranken.

Die Fliegerin hat noch vereinzelt Blätter und Blüten auf ihrer Kleidung von dem Kranz, den man ihr um den Hals gelegt, als die Gruppe von Menschen ihre Ankunft am anderen Ufer des großen Sees gefeiert hat. Sie denken wohl, nun ist das Schwierigste geschafft, aber die Fliegerin weiß, dass die Reise erst zu Ende ist, wenn sie mit allen Vögeln sicher am Zielort angekommen sein wird.

Und nach dem Fest macht sie sich auf den Weg mit ihren Vögeln, die jetzt sehr tief fliegen. An deren Vorgabe versucht sich die Fliegerin zu halten, segelt knapp über den Kronen der Bäume, die in dieser Gegend vereinzelt stehen, aber breit gewachsen sind und knorrig. Die Köpfe der Vögel bleiben beim Fliegen fast unbewegt, während ihre Körper sich ständig dem Wind anzupassen scheinen und gleichzeitig ihm widerstehen.

Die Fliegerin hält jetzt den Steuerknüppel fest in der Hand, als ihr Blick auf einen Kleinbus fällt, der unten auf der Landstraße immer wieder anhält und nach kurzem Aufenthalt weiterfährt. Sie beobachtet sein Vorwärtsstottern, das, so denkt sie, aussieht, als würde einer über die eigenen Füße stolpern. Die Vögel japsen, und plötzlich bricht gut die Hälfte von ihnen aus

113

und hält auf den Kleinbus zu. Die Fliegerin entscheidet sofort, sich diesen mit der verbliebenen Hälfte anzuschließen, reißt das Fluggerät herum und steuert auf die Landstraße zu, ein weites, offenes Feld im Blick, nicht zu abschüssig, um dort zu landen und so dem Kleinbus den Weg abzuschneiden.

Die Wiesen sind hier braun, gelb und schwarz, vereinzelt steht ein Hochstand mittendrin aus dunklem Holz. Weiter hinten sind Stöße von Brennholz und Ziegeln sauber aufgeschlichtet neben kleinen, halbfertig gebauten Häuschen, die unbewohnt wirken. Der Himmel ist weiß, und die flachen Hügel, die an die Felder grenzen, verschwinden fast im Dunst. Der Herbst, denkt die Fliegerin, als sie jetzt landet, kündigt sich an. Zeit, die letzten Etappen zu nehmen.

Am Feld angekommen, ist auch die Vogelschar wieder komplett, und der Kleinbus hält an und parkt am Rand. Die Tür öffnet sich, und winkend und rufend steigt er aus: der Kameramann. Die Fliegerin muss lachen, darüber, dass er sie gefunden hat. Er erklärt, dass die Sendung, die er geschnitten hat, noch von ihr abgesegnet werden muss, und beginnt umstandslos, seine Ausrüstung aufzubauen. Er öffnet die hinteren Türen seines Wagens, holt zwei Klappsessel hervor, zwei Decken, eine Thermoskanne mit Kaffee, dann Wasser und Futter für die Vögel. Auf einem winzigen Gerät, eingebaut in den Laderaum seines Wagens, drückt er den Einschaltknopf, und das Licht des Bildschirms flackert auf. Gleichzeitig packt er aus einer Blechbüchse ein großes Stück Kuchen, das er mit dem Taschenmesser exakt in zwei Hälften teilt, die er auf Servietten legt und davon eine der Fliegerin reicht. Er setzt sich auf einen der Sessel und nickt der Fliegerin zu. Sie sehen den Film, zwei oder drei Minuten lang, während derer eine Frauenstimme über die Flugrouten der Zugvögel spricht. Der Kuchen schmeckt trocken nach Nüssen und Mehl, aber der Kaffee, denkt die Fliegerin, ist köstlich, und der Kameramann sieht gut aus in seiner grünen Jacke, in deren vielen Taschen er Kabel und Klebebänder griffbereit hält. Und?, fragt er. Schmeckt gut, antwortet die Fliegerin. Den Film meine ich, sagt der Kameramann. Auch gut, sagt die Fliegerin mit vollem Mund. Der Kameramann setzt einen Haken in sein Notizbuch und bittet die Fliegerin, ihren Namen und ihre Adresse ebendort einzutragen. Danach kehrt er die Kuchenbrösel von den zwei Sesseln, klappt sie zusammen und verstaut sie mit den übrigen Resten der kurzen Zusammenkunft in seinem

Wagen. Er winkt der Fliegerin zu, steigt ein und fährt in die Richtung zurück, aus der er gekommen ist.

Zurück fliegen wir, wenn ich dein Flugzeug repariert haben werde, sagt der junge Großvater zur Japanerin, nachdem er den Tee getrunken, den sie für ihn gebraut hat. Sie blickt ihn an, und er sieht die Freude in ihren Augen, die ihn ermutigt weiterzumachen. Und als er vor dem Flugzeug der Japanerin steht und sieht, was noch fehlt und was noch zu tun ist, beginnt er, mit Eifer einzelne Teile aus seinem eigenen Flugzeug auszubauen und diese wiederum in das ihre einzubauen. Dabei hat er Zeit, über das Fliegen nachzudenken, und es streift ihn manche Idee, die, so denkt er bei sich, das Flugwesen noch einmal revolutionieren wird. Er beobachtet die Vögel und zeichnet Skizzen in die Erde, die seinen Gedanken Gestalt geben sollen.

Währenddessen sorgt die Japanerin dafür, dass sie zu essen und zu trinken haben, und widmet ihre übrige Aufmerksamkeit einem, wie der Großvater es für sich nennt: Projekt der Liebe. Sie sammelt Blumen und Zweige, die sie in die Wiese legt, nämlich an den Rand der Stellen, über die sie gemeinsam gerollt sind. Das innerhalb dieser Umgrenzungen niedergedrückte Gras brennt sie ab bis auf den Grund. Schmale, dunkle Wege entstehen, farbenprächtig gesäumt, weit umgeben vom hohen Gras des Feldes. Eine bunte Feier ihres Kennenlernens, denkt der Großvater da, welche noch als Erinnerung in den Boden eingebrannt sein wird, wenn sie zusammen bereits längst zurückgeflogen und zu Hause sind. Er beobachtet die Japanerin bei ihrer kunstfertigen Arbeit lange und von ihr unbemerkt, und Stolz und Glück erfassen ihn und spornen ihn an in seinem Tun. Auch er möchte die Japanerin überraschen mit seinem Werk, an dem er schraubt und feilt, das er umbaut und ausbaut. Und es gefällt ihm, wie die beiden Flugzeuge beginnen, einander ähnlich zu werden durch Austausch und Ersatz einzelner Teile. Ja, sagt er sich, auch seine Arbeit ein Projekt der Liebe, eines, das in die Zukunft weist und die Japanerin und ihn zurück in sein Land bringen wird.

Zurück in unserem Zimmer, wo die Postkarten der Eltern bereits an drei Wänden entlang ein Panorama von Städten, Landschaften und Lebewesen ziehen, öffnen der Bruder und ich den Koffer mit unserem Kuckucksei und halten die Ohren daran. Der Bruder sagt, dass er es rascheln hört im Inneren, und ich sage, ich habe es zuerst gehört. Vor allem aber höre ich den Atem des Bruders. Wir drehen das Ei sachte, bedecken es wieder mit Stroh und stellen es in seinem Koffer zurück auf den Heizkörper.

Der Bruder nimmt sich jetzt einen Band der Aviatik und blättert darin bis zu den schwarzweißen Abbildungen von Männern in Vogelkostümen. Sie stehen stolz im Bild und zeigen ihre Ausrüstung. Manchmal sind Menschen zu sehen, die daneben posieren oder von etwas weiter entfernt ihren Helden mit hellen Taschentüchern zuwinken. Manchmal sieht man darauf auch einen Flugplatz, der wie für ein Volksfest geschmückt ist mit Blumen und Girlanden aus Papier. Wenn man dann in der Aviatik weiterblättert, kommen die Fotos von sämtlichen Abstürzen der Vogelmänner: ihre Arme, Beine und Flügel am Ende übers Feld verstreut, und die Zuschauer um sie herum im Kreis mit weit aufgerissenen Augen und Mündern.

Der Bruder und ich stellen die Fotos nach. Ich liege sterbend am Boden mit verrenkten Gliedmaßen und stierendem Blick, um mich drapiert die Porzellanscherben des zerschlagenen Geschirrs der Großeltern. Der Bruder kramt aus der Tiefe seiner Hosentasche ein Glas Marmelade hervor, auf das der Großvater geschrieben hat: Dem Pionier der Luftfahrt zugeeignet. Der Bruder öffnet den Deckel, steckt seinen Finger in die Marmelade und zieht damit über mein Gesicht eine rote Spur. Ich röchle und weise den Bruder an, meine Kehle mit Blut zu füllen. Er bestreicht mein Gesicht ganz mit Marmelade und kippt den Rest des Glases in meinen Mund. Ich schlucke, lache laut, springe auf und rufe: Gewonnen!

Die Sonne wird bald untergehen, und die Fliegerin landet, trotz der Pause mit dem Kameramann, rechtzeitig am vereinbarten Ort, wo sie mit den Vögeln die Nacht und den darauffolgenden Tag verbringen wird. Es ist der Hof zweier Schwestern, die auf ihrem Grundstück ein Schutzgebiet für alle Arten von Vögeln aufgebaut haben und, so hat es die Fliegerin gelesen, wohin Forscher und Vogelliebhaber pilgern, um das Leben der Vögel zu studieren.

Die Schwestern, zwei ältere Damen, die, denkt die Fliegerin, selbst ein bisschen wie Vögel aussehen, eilen den Neuankömmlingen entgegen. Die Vögel reagieren auf die beiden wie vertraut, schnattern freudig und tappen und flattern am Boden zwischen deren Füßen umher.

Beim Verschlag angekommen, untersuchen die beiden die Vögel der Fliegerin und markieren die Tiere mit farbigen Ringen am Bein. Währenddessen sprechen sie nicht viel, geben dann und wann ein paar gurrende Laute von sich und streichen den Vögeln mit aufmerksamer Zuwendung durchs Gefieder. Die Fliegerin sitzt in einer Ecke des Verschlags auf einem Strohballen und sieht den beiden bei der Arbeit zu. Manchmal stellt sie eine Frage, und die Schwestern antworten mit lateinischen Begriffen, die die Fliegerin dahingehend deutet, dass die Vögel wohlauf sind.

Danach geht es zum Abendessen ins Haus, das vollgeräumt ist mit kleinen Gegenständen bis zum Dach, ohne in der Unordnung einen Unterschied zu machen zwischen Küchenbesteck und Arbeitsgerät aus der Vogelzucht. Die Fliegerin fragt sich, ob die Schwestern noch unterscheiden können, ob sie ein Ei eben zum Brüten oder zum Kochen gelagert haben.

Selbst der große Küchentisch ist bedeckt mit Papieren, auf denen bei genauerem Hinsehen Stammbäume von Vögeln und Kreuzungsregeln mit zittrigem Strich skizziert sind. Die Schwestern schmunzeln und sagen, sie hätten einen Kanarienvogel mit einer Eule kreuzen wollen, da sei der anwesende Herr entstanden. Sie deuten auf einen der Gäste, die bereits am Tisch Platz genommen haben. Der ältere Herr mit weißem Bart erhebt sich kurz, grüßt die Fliegerin leise und stellt sich vor als Professor der Vogelkunde. Neben ihm sitzt ein junger Mann, ein Student mit Rucksack, der angibt, auf der Durchreise zu sein. Nacheinander betreten während des Abends weitere Menschen das Haus, die sich umstandslos am bereitgestellten Buffet bedienen, etwas bringen oder abholen, ein paar Worte mit den Schwestern oder den anderen Gästen wechseln und dann wieder in die Nacht entschwinden. Sie sind vielleicht Hofarbeiter, Nachbarn oder ebenso Reisende wie die Fliegerin, denkt sie, fragt aber nicht weiter nach.

Nach dem Abendessen verabschieden sich die Schwestern rasch, um vor dem Schlafengehen noch einmal nach den Vögeln zu sehen. Der Student bereitet sein Nachtlager auf einer dünnen Matte, die er am Rucksack bei sich getragen hat, und die Fliegerin und der Professor sitzen noch bei Tisch. Der Professor erzählt, dass er die Vögel immer schon geliebt hat und sie immer lieben wird. Dass er seinen jungen Studenten einmal eine Lektion erteilen wollte über Leben und Tod, und also während einer seiner Vorlesungen vor

Publikum einen Vogel lebendig gerupft und währenddessen seine, so nennt er sie, Annahmen zum Leiden des Tieres im Allgemeinen formuliert habe, woraufhin ihn die Universität höflich eingeladen habe, seine Forschungen fortan als Privatperson weiterzuführen. Seither lebe er bei den Schwestern und arbeite, wie er sagt, noch immer mit Federn, freilich schreibend.

Als endlich die Fliegerin schlafen geht, sieht sie noch, wie sich der Professor am Tisch wieder über seine Abhandlungen beugt und bald beginnt, darin einzelne Wörter zu streichen oder mit dem Bleistift einzukreisen.

Am nächsten Morgen sitzt er noch immer, oder schon wieder?, am Tisch und schreibt. Die Schwestern stehen, so sieht sie die Fliegerin durchs Küchenfenster, vor dem Haus und machen Turnübungen, den Blick der Sonne entgegengerichtet. Der Student scheint schon früh sein Lager geräumt zu haben und aufgebrochen zu sein.

Mit Aufbruch ist zu rechnen!, brüllt der junge Großvater in den Himmel, während er vor den beiden Flugzeugen steht und vor lauter Drehen und Schrauben nicht mehr sicher weiß, welches jetzt seines und welches das der Japanerin ist. Meines ist deines und deines ist meines, sagt er da zu sich selbst und klatscht freudig in die Hände. Zusätzlich liegen vor ihm am Boden ausgebreitet einzelne Teile, die er einmal ausgebaut hat und erst ganz zum Schluss wieder einbauen möchte, wenn alles fertig ist.

Zu diesem Zweck hat er, als Vorsichtsmaßnahme, alles abgezählt, sortiert und beschriftet, also in die Erde Kreise und Pfeile gezeichnet und Buchstaben. Manchmal ist ihm etwas durcheinandergeraten, weil der Wind seine Bodenmarkierungen verblasen hat oder weil in der Nacht ein Tier seinen Körper zwischen den kleinen Stapeln gerieben oder am Metall geschleckt und es vertragen hat. Aber der Großvater kennt sein Inventar und hat alles im Griff. Er pfeift durch die Zähne und klopft sich auf die Brust. Und er möchte diesem jungen Mann, der zu Hause seinen Hof führt, und dessen Schwester, die wohl kaum mehr ein Kind ist, zurufen über die Weltgegenden hinweg: Zählt schon die Tage bis zu meiner Rückkehr und bereitet das Bett für mich und meine Frau, die Japanerin! Beeilt euch mit der Ernte, denn bald gibt es ein Fest zu feiern! Und sagt meinen Eltern, euer Sohn ist fort gewesen, aber jetzt kommt er wieder. Und richtet den Lehrern aus, ihr habt ausgedient, denn einer aus unserem Dorf hat die Welt gesehen und wird von nun an den Kindern erzählen, worauf es ankommt.

Und die Wiedersehensfreude steht dem jungen Großvater schon ins Gesicht geschrieben, das Werkzeug hält er fest in der Hand, aber den Gedanken ans Reparieren der Flugzeuge hat er schon fast vergessen. Die Japanerin kommt und bringt Tee, Fleisch und Beeren, doch der Großvater hat heute keinen Hunger und möchte nur erzählen, was er schon plant für übermorgen. Die Japanerin hört zu, teilt das Fleisch und die Beeren, trinkt und lässt den Großvater trinken. So vergeht der Tag, und der Großvater hat so viel geredet, dass seine Wangen glühen und er glücklich und müde in den Armen seiner schönen Japanerin einschläft.

Nach dem Schlafen ist am Morgen mein Kopfkissen voll mit dunklen Marmeladeflecken. Ich drehe es auf die andere Seite, darauf steht in der Schrift des Bruders geschrieben: Verloren. Ich laufe hinaus in den Garten und sehe ihn auf der Mauer sitzen mit der neuen Karte der Eltern in der Hand. Er hat sie ohne mich gelesen, und er kann schon alle Buchstaben schreiben, und ich nicht. Ich seufze und setze mich neben ihn. Er sagt, die Eltern haben geschrieben, dass sie sich auf dem Rückweg befinden, dass sie an manchen Orten vorbeikommen, die sie bereits kennen, dass ihnen aber das von daher Bekannte nun umso fremder erscheint. Dass die großen Sehenswürdigkeiten der Städte doch kleiner sind als in ihrer Erinnerung. Dass mancher Freund vom letzten Aufenthalt sie jetzt nicht mehr kennt. Dass sie, wo sie die ehemals fremdartigen Speisen nun mit gekonnter Geste bestellen, sich erstmals sehnen nach dem Fleisch auf dem Porzellan der Großeltern. Und dass sie sich ausmalen, wie wir gewachsen sind und mit uns unser Huhn, und dass es Zeit wird, dass wir lesen lernen und sie es uns beibringen wollen, wenn sie wieder daheim sind. Dass sie der Großmutter Kleider mitbringen und dem Großvater Grüße vom Herrscher aus Übersee bestellen möchten. Nachdem der Bruder mir das alles berichtet hat, sagen wir beide nichts, gehen ins Haus und kleben die Postkarte zu den anderen an die Zimmerwand.

Die Landkarte über den Küchentisch der Schwestern gebreitet, lehnt die Fliegerin mit dem Professor darüber und bespricht die letzte Etappe, die sie nach diesem zweitägigen Aufenthalt mit den Vögeln nehmen will. Die Tiere sind nun alle beringt und sehen damit, findet die Fliegerin, fast feierlich aus. Die Schwestern sagen, sie sind mit dem Zustand der Vögel sehr zufrieden, und versprechen, während der nächsten Monate regelmäßig im Winterquartier nach den Vögeln zu sehen und der Fliegerin alles zu berichten, wenn diese nicht vor Ort sein kann. Auch der Professor verspricht, ein Auge auf die Vögel zu haben. Die Fliegerin sagt, er möge sich um Himmels willen keine Umstände machen. Der Professor lacht und beschwichtigt, er forsche ausschließlich noch über die Freuden des Tieres im Allgemeinen und praktiziere im Besonderen das Rupfen der Vögel nicht mehr. Die Fliegerin muss jetzt auch lachen.

Sie packt ihre Sachen und telefoniert mit dem Meteorologen, der sagt, das Wetter bleibe beständig. Dann schnalzt er mit der Zunge und sagt in verheißungsvollem Ton, den die Fliegerin nicht überhören kann: Es bläst ein gar lauer Wind. Und er ergänzt sogleich, nichts Genaues weiß er nicht, aber er hat so etwas vom Rettungsbootfahrer gehört. Dann wünscht er guten Flug und legt auf. Die Fliegerin ruft den Rettungsbootfahrer an, der sagt, da gibt es jetzt auch keine Rettung mehr, aber er weiß das auch nur vom Briefträger, der wiederum eine Karte, die an die Fliegerin persönlich adressiert ist, ausgetragen, aber selbstverständlich nicht gelesen hat. So wissen sie alle nichts, aber womöglich hat es klick-klick gemacht. Die Fliegerin sagt: In ein paar Tagen bin ich daheim, dann werden wir ja sehen. Der Rettungsbootfahrer lacht und sagt noch einmal: klick-klick. Und: Da sind wir wohl jemandem vor die Linse gekommen.

Und auch am nächsten Tag kommt der Großvater nicht dazu, an der Reparatur der beiden Flugzeuge weiterzuarbeiten, denn er möchte jetzt wissen, welche Tiere die Japanerin auf ihrem gemeinsamen Hof halten möchte. Die Japanerin antwortet zuerst nicht, beginnt dann aber, ihre Hände leicht zu überkreuzen und die Daumen ineinander zu verhaken. Mit den restlichen Fingern macht sie flatternde Bewegungen. Ach, Hühner, sagt der Großvater. Die Japanerin schüttelt den Kopf und macht zartere und elegantere Bewegungen mit ihren Händen. Einen Fasan?, fragt der Großvater. Die Japanerin schüttelt den Kopf und deutet mit den Händen etwas sehr Kleines an und macht dabei winzige Sprünge und leise fiepende Töne, die wie ein Lied klingen. Ziervögel, sagt der Großvater, aber das sind doch keine nützlichen Tiere. Was sollen wir denn mit Ziervögeln auf unserem Hof? Die Japanerin lacht und deutet jetzt mehrere Vögel an mit allem, was ihr Körper zu bieten hat. Ihre Haare flattern wie Federn im Wind, auf einer Hand lassen sich zahllose winzige Vögel nieder, ein jeder gespielt von ihrer anderen Hand. Sie singt und lacht, und der Großvater schüttelt den Kopf und sagt: Kühe brauchst du und Pferde vielleicht. Ein paar Hühner, vielleicht ein Schwein. Aber keine Ziervögel. Und dann stapft er davon und stochert mit einem Zweig Löcher in den staubtrockenen Boden, kickt mit dem Fuß die Schrauben der Flugzeuge hinein und möchte nicht hierbleiben und möchte nicht nach Hause fliegen.

Fliegen, fliegen, fliegen!, ruft der Großvater und packt den Bruder und mich am Kragen. Wer nicht täglich übt und arbeitet, ist schon auf dem halben Weg ins Verderben! Wir laufen in den Garten und sehen dort, vom Haus ausgehend bis fast zur Straße hinunter, einen Parcours aus Hindernissen, den der Großvater aus Holzstapeln, leeren Blumentöpfen und umgedrehten Regentonnen errichtet hat. Alle drei streifen wir unsere Montur über. Der Bruder hat die Bauweise seiner Flügel sichtlich verbessert und sie mit einem Schriftzug bemalt. Bei meinen Flügeln aber ist eine Steuervorrichtung abgebrochen und herausgerissen, die dazu gedient hat, besonders exakt zu navigieren. Ich sehe den Großvater in seiner Ausrüstung und entdecke, darin eingebaut, meine fehlende Konstruktion. Großvater, sage ich, du hast mein Steuer bei dir eingebaut. Nein, sagt der Großvater entschieden, nein, das kannst du nicht beweisen. Und schon läuft er los den Hügel hinunter und über die aufgebauten Hürden mit einer bei ihm so noch nie gesehenen Eleganz und Waghalsigkeit. Unten angekommen, bleibt er mit ausgebreiteten Armen stehen und verbeugt sich wie ein Balletttänzer, geht nach links und nach rechts, um seinem unsichtbaren Publikum unten die Aufwartung zu machen. Dann dreht er sich zu uns um, pfeift, und der Bruder läuft und springt als erster. In der Mitte stürzt er und schlägt sich das Knie auf, ist aber sofort wieder auf den Beinen und läuft und springt, und ja, für einen kurzen Moment auch fliegt er zum Großvater hinunter. Der pfeift ein zweites Mal und deutet mir, es ihnen nun gleichzutun. Ich werfe mich den Hügel hinunter, laufe und springe nach Leibeskräften, aber die beschädigten Flügel tragen mich nicht, der eine rotiert mit großem Lärm, der andere stellt sich gegen den Wind, ich falle dreimal, ich blute, bin dreckverschmiert, heule und komme, den letzten Rest nur noch rollend, unten an, die Flügel zerdrückt, die Brille zerschlagen.

Der Bruder richtet mich auf und umarmt mich und schreit den Großvater an, Hilfe zu holen. Der eilt los und kommt mit der Großmutter wieder. Zu dritt tragen sie mich ins Haus.

Über die Häuser und Bäume hinweg fliegt die Fliegerin mit ihren Vögeln. Das Tuch über den Mund gebunden und den Helm tief in die Stirn gezogen, blinzelt sie in die weiße Sonne, die zwischen den Wolken hervorbricht. Der Himmel ist hellblau und weiß und an wenigen Stellen grau, aber die Farben sind in ständigem Wechsel, und bald wird die Luft klar und die Sicht ungetrübt. Die Vögel gleiten mit wenigen kräftigen Flügelschlägen dahin, als wäre ihnen, denkt die Fliegerin, der Weg schon bekannt. Sie fliegen über Wiesen und Gärten, weidende Tiere, bestellte Felder.

Dort unten tragen zwei alte Menschen und ein Kind ein verletztes, verkleidetes Kind über einen Hügel ins

Haus hinein. Ein junger Mann und eine junge Frau gehen mit Koffern eine Straße entlang. Die Fliegerin steuert jetzt höher, und die Vögel fliegen ihr nach in einer Linie. Die Höfe unter ihnen entfernen sich und werden so klein, dass die Menschen, die dort durch ihre Gärten gehen, nicht mehr zu erkennen sind. Und vielleicht sitzen sie schon in ihren Küchen oder holen Bier und Saft aus kalten Kellern, weil es bald Zeit zum Essen ist.

Und dann sind auch die Dächer der Höfe nicht mehr zu sehen, und die Fliegerin fliegt mit den Vögeln über unbebautes Land. Die Felder liegen hinter ihnen, jetzt breitet der Wald sein dunkles Grün über die Landschaft, und ein kühlerer Wind treibt die Fliegenden an. Bald lassen sie auch den Wald zurück und überqueren eine Moorlandschaft mit kleinen dunklen Wasserflecken inmitten der hellgrünen, satten Grasinseln. Die Vögel überholen jetzt die Fliegerin und fliegen in einer Dreiecksformation voran mit einem Vogel an der Spitze. Sie werden schneller, und dann und wann hört die Fliegerin einen von ihnen schreien. Vereinzelt sind jetzt am Wasser andere Vögel zu sehen, die mit ihren Schnäbeln nach Fischen tauchen. Je länger sie über dieses Gebiet fliegen, desto zahlreicher werden die anderen Vögel unter ihnen, verschiedene Arten, die Gruppen bilden, tauchende, stapfende, flatternde Schwärme, deren Schnattern und Rufen immer deutlicher zu hören ist und bald zu einem lauten Kreischen wird. Die Fliegerin sieht, wie sich junge Vögel zu älteren ducken, wie andere ins Wasser hüpfen und wieder andere sich in die Höhe aufschwingen. Ein paar Vögel schließen sich der Fliegerin an und drehen bald darauf wieder ab. Ein großer einzelner Vogel schwingt seine Flügel über all dem in langsamen Kreisen, die kleineren Vögel an Land werden aufgescheucht, wechseln zwischen Wasser und Land und Land und Wasser, manche erstarren in Bewegungslosigkeit, bis der größte der Vögel wieder verschwindet. Die Fliegerin fliegt weiter und ihre Vögel mit ihr. Bald wird ein Gehöft unter ihnen sichtbar, auf dessen Rollfeld sie landen. Willkommen, sagt der Rollfeldbesitzer und Winterquartiergeber, und die Vögel laufen schnatternd über die Wiese zum Wasser, wo sie auf solche Vögel treffen, die aussehen wie sie. Die Fliegerin legt sich jetzt ins Gras und sieht in den Himmel hinauf, und ein einzelner Regentropfen rinnt über ihre Wange, der Rest ist sonnenbeschienen.

Am Boden liegend erwacht der Großvater und spürt schmerzhaft den Abdruck von Schrauben und Draht auf seiner Haut. Den Tag verschlafen und die Nacht, ruft er, als er bemerkt, es ist Morgen geworden und er noch keinen Schritt weiter mit der Reparatur. Im Gegenteil, die Flugzeuge sehen nun beide mehr zerstört als flugtauglich aus. Und der Großvater sieht das jetzt deutlich und schreit und zetert und schlägt seine Stirn gegen das Gehäuse seines Flugzeugs. Oder ist es das der Japanerin? Er kann sie selbst nicht mehr unterscheiden, so sehr sind sie verändert, und so oft hat er sich im Kreis gedreht um die zwei riesigen Fliegen herum und ist er zum Zwerg geworden angesichts seiner Aufgabe. Oje, ruft er laut und schlägt die Hände über dem Kopf zusammen, ich reite uns beide ins Verderben, nicht nur wird die Japanerin nie mehr fortkönnen von hier, auch ich werde nicht mehr fliegen können!

Dabei bin ich doch hier angekommen mit bester Ausrüstung und klarem Verstand. Aber das karge Essen, das ungewohnte Klima, dieser Weltzustand! Und diese Liebe zur Japanerin. Aber das ist doch richtig und gut, es ist doch dies der Wendepunkt in meinem Leben, so war es doch vorherbestimmt und hat sich hingeballt zu diesem Zeitpunkt! Und ist doch dieses Aufeinandertreffen zweier Menschen ein Ereignis, ein Urknall, ein Feuerwerk! Ja, das ist es, und es ist ganz richtig gewesen, davon ist der Großvater überzeugt. Was sollte er den Menschen in seinem Ort auch sagen, wenn er zurückkehrte ohne die Japanerin? Die wären schön enttäuscht, haben sie doch alles vorbereitet, und wollen sie doch auch ein Fest feiern nach dieser Zeit des Wartens und der Ungewissheit.

Nein, die kann der Großvater nicht enttäuschen. Und auch seinen Hof wird er nicht allein übernehmen, denn auch dort ist das Bett schon bereitet für ihn und seine schöne Frau. Und auch ihre Kinder, die sie gemeinsam haben werden, würden sich schön bedanken, wenn es auf einmal keine Mutter mehr gäbe für sie mit schwarzem Haar.

Nein, sagt der Großvater, er wird nicht vom Schicksal abweichen, er wird jetzt seine fünf bis sechs Sinne zusammennehmen und die Reparatur vorantreiben. Er wird in ein paar Stunden wettmachen, was er tagelang vernachlässigt hat. Und er wird vorher noch zur Japanerin laufen und ihr sagen, sie kann Ziervögel haben, so viele sie will. Er muss gleich loslaufen, nein, zuerst noch etwas festschrauben, nein, doch schon

134

laufen und ihr sagen: Bereite alles vor, bald geht es heimwärts in mein Land. Wasch schon mal dein Kleid und steck dir die Haare hoch, falte die Landkarte auf und pack die kleine Kasserolle ein, denn wir stehen knapp vor dem Abflug. Wenn die Reparatur fertig ist und das Wetter stimmt, dann können wir uns keine Verzögerung erlauben, du musst jetzt jederzeit mit dem Aufbruch rechnen. Jetzt ist keine Zeit mehr für Blumenschmuck in der Landschaft, jetzt wird es ernst, und jetzt muss der Blick nach vorne gerichtet sein. Und der Großvater dreht an zwei Schrauben und hämmert und klopft und lässt dann das Werkzeug fallen und läuft, die Vorfreude in den Beinen, zu seiner Japanerin, die wohl bei der Feuerstelle steht und, so denkt der Großvater, das Wasser kocht.

Der Großvater läuft und sieht keine Japanerin. Dann steht sie also weiter unten am Hügel und pflückt wieder Blumen und Gras. Der Großvater läuft kopfschüttelnd den ganzen Hügel auf und ab, er läuft über die angrenzenden Felder, er läuft ganz weit bis zum Ufer hin, er läuft zurück, er sieht hinter jeden Busch und unter jeden Baum und schreit den Namen der Japanerin.

Aber eigentlich weiß er es bereits: Sie ist fort. Keuchend kommt er bei der Feuerstelle wieder an, seine

Kehle brennt, und der Schweiß rinnt über die Stirn in seine Augen. Alles an ihm ist schmutzig und nass, und er ruft jetzt noch einmal ihren Namen.

Dann geht er still und sehr langsam wieder an die unterste Stelle des Hügels und sieht, dass die Stellen, über die sie gemeinsam gerollt sind, die dann die Japanerin markiert und umrandet hat, dass diese einen riesigen Schriftzug formen in der Landschaft, ganz sicher von Weitem schon sichtbar, und sichtbar aus der Höhe, wenn jemand darüberfliegt. SOS, sagt der Großvater leise.

SOS, einer hat's von oben gelesen und ist in der Dämmerung, als der Großvater geschlafen hat, gelandet. Er hat noch einen Platz frei gehabt und die Japanerin mitgenommen. Er hat sie in Decken gewickelt und wird sie nach Hause bringen. Der Großvater geht wieder den Hügel hinauf und setzt sich an die Feuerstelle. Jetzt muss er das erste Mal allein die Hölzer zum Brennen bringen. Die Kasserolle liegt dort eingefaltet in das Kleid der Japanerin wie in Geschenkpapier. Obenauf liegt der Ring aus Draht.

Und dann?, frage ich den Großvater, der bei mir auf der Polsterbank sitzt, nachdem mich die Großmutter verarztet hat, was, wie der Bruder gesteht, ziemlich gut aussieht. Naja, sagt der Großvater, dann ist mir nichts anderes übrig geblieben, als die beiden Flugzeuge wieder auseinanderzubauen und eines davon instandzusetzen. Der Ring aus Draht hat da noch ganz gut hineingepasst. Und wie lange warst du dann noch dort, bis du fertig warst und losfliegen konntest?, fragt der Bruder den Großvater. Der Großvater sagt, das weiß er nicht so genau, aber es werden wohl Tage und Wochen gewesen sein, denn als er wieder angekommen ist auf seinem Hof, sei er ein ausgemergeltes Männchen mit langen zerzausten Haaren und einem riesigen Knoten im Bart gewesen. Und derjenige, der seinen Hof in der Zwischenzeit geführt hat, ist inzwischen ein stattlicher Mann und seine Schwester schon beinah eine junge Frau geworden.

Der Großvater hat sich gewaschen und rasiert und begonnen, dieser jungen Frau Gedichte zu schreiben und sie in ihre Taschen zu schmuggeln. Irgendwann dann hat der stattliche Mann den Hof des Großvaters verlassen und die Schwester ist geblieben. Aus dem Kleid der Japanerin, das der Großvater von seiner Reise mitgebracht hat, hat sie dann einmal eine Schürze genäht mit vielen Taschen.

Der Bruder und ich seufzen vor Glück. Wir sagen, wir möchten auch mit zerzaustem Haar durch die Welt geflogen sein.

Da kommt die Großmutter in die Küche und bringt eine Karte. Sie ist nicht von den Eltern, denn die Eltern tragen schon ihre Koffer die Straße zum Hof herauf, sondern voll von dunklen Brombeerflecken und fremden Schriftzeichen, die weder ich noch der Bruder lesen können. Das lernt ihr, sagt der Großvater und bläst uns den Rauch seiner Zigarette ins Gesicht, wenn euer Kuckucksei schlüpft.

Felicitas Hoppe
Hoppe
Roman
Band 16744

›Hoppe‹ ist keine Autobiographie, sondern Hoppes Traum-
biographie, in der Hoppe von einer anderen Hoppe erzählt:
von einer kanadischen Kindheit auf dünnem Eis, von einer
australischen Jugend kurz vor der Wüste, von Reisen über das
Meer und von einer Flucht nach Amerika. Hoppes Lebens-
und Reisebericht wird zum tragikomischen Künstlerroman,
mit dem sie uns durch die Welt und von dort aus wieder zurück in die deutsche Provinz führt, wo ihre Wunschfamilie
immer noch auf sie wartet.

»Das ist ein Anlass für mich,
vor Freude einen Flickflack zu schlagen.
Das tut Hoppe mit ihrer Sprache auch.«
Denis Scheck

Das gesamte Programm finden Sie unter
www.fischerverlage.de

fi 16744 / 1

Adriana Altaras
Titos Brille
Die Geschichte meiner strapaziösen Familie
Band 19304

Adriana Altaras führt ein ganz normal chaotisches und unorthodoxes Leben in Berlin: mit zwei fußballbegeisterten Söhnen, einem westfälischen Ehemann, der ihre jüdischen Neurosen stoisch erträgt, und mit einem ewig nörgelnden, stets liebeskranken Freund. Alles bestens also ... bis ihre Eltern sterben und sie eine Wohnung erbt, die seit 40 Jahren nicht mehr ausgemistet wurde. Fassungslos kämpft sich die Erzählerin durch kuriose Hinterlassenschaften, bewegende Briefe und uralte Fotos. Dabei kommen nicht nur turbulente Familiengeheimnisse ans Tageslicht, auch die Toten reden von nun an mit und erzählen ihre eigenen Geschichten.

»Leidenschaftlich heiter:
Die Schauspielerin und Regisseurin
Adriana Altaras hat mit Titos Brille eine unterhaltsame,
anregende und weise Geschichte ihrer jüdischen Familie
geschrieben. (...) Ohne Umschweife, ohne Scheu, ohne
Sentimentalität – aber mit viel Zärtlichkeit
und großem Witz. «
Irene Bazinger, Frankfurter Allgemeine Zeitung

Fischer Taschenbuch Verlag

Annika Scheffel
Ben
Roman
Band 19187

»Wenn wir uns treffen, muss es der schönste Tag unser aller Leben werden, das steht fest. Wenn es nicht der allerschönste Tag unseres Lebens wird, haben wir uns nicht getroffen. So einfach ist das.«

»Ein Hosianna auf dieses Debüt.«
Christopher Schmidt, Süddeutsche Zeitung

SWR-Bestenliste September 2010

Fischer Taschenbuch Verlag